異世界で手に入れた
生産スキルは
最強だったようです。
～創造＆器用の
W《ダブル》チートで無双する～
3
Tohno Konoe
遠野九重

デスト
高坂コウ
スララ
レティシア

アイリス
リリィ

「わたくし、そろそろ暴れたいと思っていたところですの！」

「左の二隻はこっちで引き受ける」

アサルト・クルーザーは魔導レーザーで一斉攻撃を仕掛けてくる。

アイリスの光の防壁がさらに輝きを増し、魔導レーザーの集中砲火をすべてシャットアウトしていた。

俺は【アイテムボックス】からフライングポーションを取り出した。

一気に飲み干すと、身体がフワリと浮き上がる。

——そろそろ反撃といこう。

CONTENTS

プロローグ　スリエを旅立ってみた。

俺こと高坂《こうさか》コウはある日突然、異世界へと転移させられた。

その際に授けられた【創造】や【器用の極意】といったチートスキルに助けられ、冒険者としての生活も軌道に乗り始めたころ、大きな事件が起こる。

——極滅の黒竜。

四千年前、この世界の古代文明を滅亡に追いやった存在……災厄が蘇《よみがえ》ったのだ。

それをどうにか討伐したところ、王都の冒険者ギルド本部で表彰を受けることになり、俺は竜人族の女性冒険者アイリスとともにオーネンの街を旅立った。

俺たちの旅路はトラブル続きで、トゥーエの街ではデビルトレント、スリエの街では『災厄を超える災厄』——大災厄の暴食竜が出現し、いずれも激戦の末、どうにか勝利を収めている。

とくに暴食竜との戦いにおいては、戦神教の神官にして【戦神の巫女《みこ》】であるリリィが手を貸してくれたおかげで、被害をゼロに抑えることができた。

まさに文句なしのハッピーエンドといえるだろう。

本来の予定よりも遅れること数日、俺たちはスリエの街を去ることになった。

城門のところには領主のメイヤード伯爵や、Dランク冒険者のキャルをはじめとして、たくさんの人々が見送りに来てくれた。

みんな忙しいだろうに、ありがたい話だ。

「コウ殿の活躍は決して忘れん。心から感謝するぞ。何かあれば当家をいつでも頼ってくれ」

メイヤード伯爵はそう言って、こちらに右手を差し出してくる。

俺は握手に応じながら訊《き》いた。

「お気遣いありがとうございます。ところで、王都の表彰式にはいらっしゃいますか？」

「もちろんだとも。コウ殿の英雄ぶりを国王陛下に伝えねばならんからな。身支度が整ったなら、すぐにでも出発するつもりだ」

メイヤード伯爵は笑顔を浮かべてそう答えた。

伯爵との握手を終えると、横から小麦色の肌をした女性冒険者——キャルが声をかけてくる。

「コウっち、またね！　ウチのこと、忘れないでね！」

「ああ、そっちもな」

「もっちろん！　コウっち、マジでインパクトあるし？　むしろインパクトのカミサマだし？　もしウチが記憶喪失になっても、コウっちのことだけは覚えてる……みたいな？」

「いや、それは過大評価じゃないか？」

「えー、そんなことないって！　アイりんもそう思うっしょ？」

「……えっ？」

俺の右隣にはアイリスが立っていたが、自分に話が回ってくるとは思っていなかったらしく、一瞬、戸惑ったような声をあげた。

ちなみに『アイりん』というのはキャルがつけたあだ名だ。

「まあ、そうね」

アイリスは小さく頷《うなず》きながら答える。

「コウって行く先々でハデなことをしているし、インパクトはあるわよね。黒竜を召喚したときは本当にビックリしたわ」

そういえばそんなこともあったな。

暴食竜との戦いにおいて、俺は【災厄召喚】というスキルを使い、極滅の黒竜を召喚している。

かつての強敵が仲間として一緒に戦ってくれる……というのはアニメやマンガじゃテンプレともいえるシチュエーションだが、やっぱり胸が熱くなるよな。

そんなことを考えていると、一瞬だけ左手の甲が熱くなり、竜の顔を正面から象《かたど》ったような紋章が浮かんで——消えた。

俺にはそれが、黒竜が「今後ともよろしく」と告げているように感じられた。

こっちこそよろしくな。

俺は左手の甲へと視線を向けつつ、内心で黒竜にそう呼びかけた。


俺たちの移動手段はグランド・キャビンという巨大な馬車だ。

その全長は十五メートルを超え、移動要塞《ようさい》のような風格を漂わせている。

これだけ大きな馬車を動かすのであれば、本来は馬が十頭以上は必要になるところだが、俺の場合は別の手段によって解決していた。

「出発シマス！」

グランド・キャビンの外から、デストの声が響く。

デストというのは愛称のようなものであり、正式名称は『デストロイゴーレム』という。

今はグランド・キャビンと《ゴーレム合体EX》で一つになっており、馬の代わりを務めていた。

スリエから離れて三十分ほどが過ぎたころ、俺たちは一階のリビングに集まって、今後の予定について話し合うことにした。

「次の目的地は、フォートポート、ですよね」

最初に口を開いたのは、向かい側のソファに座るリリィだった。

膝上におせわスライムのスララを乗せ、まるでお気に入りのぬいぐるみのようにギュッと抱きしめている。

その姿は年齢相応の少女らしさを漂わせており、なかなかに可愛《かわい》らしい。

妹や娘がいたらこんな感じなのかもしれない。

「ああ」

俺は頷いて答える。

「スリエの次は港町のフォートポートだな。そこから船に乗って王都に向かう」

「わーい！　船旅だね！」

スララが楽しそうに声をあげる。

「スララは船に乗ったことはあるか？」

「ううん、はじめてだよ！」

まあ、そりゃそうだよな。

スララが生まれたのは今から四千年前、古代文明の時代だ。

今回の旅が始まるまではずっと地下都市にいたわけなので、船旅は初体験なのだろう。

「どんぶらこー、どんぶらこー。船でゆれるよー、どんぶらこー」

スララは眼《め》をキラキラさせながら、即興の歌を口ずさんでいる。

その無邪気な姿は、眺めているだけでほっこりさせられる。

「ふふっ」

俺の左横では、アイリスが微笑を浮かべていた。

たぶん、俺と同じようなことを考えているのだろう。


スリエからフォートポートに向かうルートは大きく分けて二つある。

山と森を突っ切る直進コースと、大きく西に逸《そ》れつつ複数の宿場町を経由する迂回《うかい》コースだ。

フォートポートから王都に向かう連絡船の日程もあり、今回、俺たちは直進コースを取ることになった。途中に宿場町はないため、グランド・キャビンでの車中泊だ。

グランド・キャビンには風呂もキッチンも完備されており、さらにはおせわスライムのスララが身の回りのことを全部やってくれる。まさに至れり尽くせりだ。乗っているのは俺たちだけなので、他の宿泊客に気を遣う必要もない。居心地のよさとしては極上だ。

やがて夜も更けてくると、明日に備えて寝ることになった。

「それじゃあ、おやすみ」

「また明日ね、コウ」

「コウさん、おやすみなさい」

「マスターさん、またね！」

グランド・キャビンには寝室が三つあり、ひとつは俺、もうひとつはアイリス、そして最後のひとつはリリィとスララが使うことになっている。

俺は自分の寝室に入ると、ベッドで横になった。

だが、どうにも眼が冴《さ》えている。

三十分ほどゴロゴロしていたが、眠気はまったくやってこない。

「……スキルの実験でもしてくるかな」

前回の戦いのあと、俺は新たに二つのスキルを獲得している。

【空間操作】、そして【リミットブレイク】だ。

せっかく時間があるのだから、その効果を試してみるのはどうだろう。

「よし、やるか」

俺は心を決めると、ベッドから勢いよく跳ね起きた。

脳内で【アイテムボックス】を開き、戦闘用のフル装備を選択する。

まばゆい光が全身を包み、一瞬のうちに防具の装着が行われた。

胴体はアーマード・ベア・アーマーとフェンリルコートの重ね着で、両腕は黒蜘蛛《くろくも》の籠手《こて》に守られている。左腕の籠手は暴食竜との戦いで一度は半壊したものの、今はすっかり元どおりになっていた。【創造】で生み出した武器や防具の場合、【アイテムボックス】に収納すると自動的に修復されるらしい。なんとも便利な機能だ。

さて、着替えも終わったところで出発しよう。

普通に部屋を出ていくのもいいが……待てよ。

【空間操作】は暴食竜から奪い取った力であり、魔力を消費することによって空間に干渉し、さまざまな事象を引き起こすことができる。

そのうちの一つが『短距離ワープ』だ。

空間を捻《ね》じ曲げ、一瞬にして別の場所へと移動できるスキルだ。

「ワープで外に出てみるか」

俺がそう呟《つぶや》くと、自動的に【フルアシスト】が起動し、脳内に声が響く。


【空間操作】による短距離ワープを行います。

転移先を視界内から指定してください。


俺は寝室のカーテンを開けると、窓の外へと視線を向けた。

ここは街道から少し離れた、見晴らしのいい丘の上だ。

空には満月が輝き、風が草原を優しく撫《な》でている。

散歩にはうってつけの夜だ。

俺はグランド・キャビンから二十メートルほど離れた地点を指定し、【空間操作】を発動させる。

ふわり、と身体が浮かぶ感覚がしたかと思うと、視界が一瞬だけグニャリと歪《ゆが》む。

そして俺は草原に立っていた。

後ろを振り返ると、丘の頂上あたりにグランド・キャビンが停車している。

その前方には合体を解除したデストの姿もあった。

デストは魔導兵器であり、睡眠を必要としない。

夜の見張り役としてはピッタリといえる。

この旅ではずっとグランド・キャビンの馬役を引き受けてくれているし、どこかのタイミングで労《ねぎら》ってやりたいところだ。

デストは俺の姿に気づいたらしく、グランド・キャビンを離れ、こちらに歩いてくる。

「マスター！　外出デスカ？」

「ああ。ちょっと散歩に行ってくる」

「承知シマシタ！　イッテラッシャイマセ！」

デストはピシッと敬礼をして、俺のことを見送ってくれる。

その動きがなんとも人間くさくて、俺はついつい苦笑した。

しばらく草原を歩いているうちに【空間操作】のクールタイムである三十秒が経過していた。

そのあと何度か短距離ワープを試してみたが、最大で三十メートルほどの移動が可能だった。

「けっこう遠くまで移動できるんだな……」

なんだかちょっと得した気分だ。

そんなことを考えていると、【フルアシスト】の無機質な声が聞こえてくる。

【空間操作】に含まれる三つの能力についてショートカットを作成しました。

以後は【短距離ワープ】【透明化】【空間拘束】の名称で念じることにより、それぞれの能力を発動できます。

おおっ。

さすが【フルアシスト】、優秀なアシスタントぶりだ。

細かい変更かもしれないが、戦場では一瞬の差が生死を分けるからな。

その意味ではかなり重要な変更点といえる。

さて。

【短距離ワープ】の検証はこれくらいにして、次は【透明化】を試してみよう。

これは空間を歪ませることにより、敵の攻撃をすり抜ける能力だ。

できれば実戦で試したいところだが、どこかに魔物でもいないだろうか。

——シャアアアアアアッ！

おっと。

運のいいことに（？）魔物の咆哮《ほうこう》が聞こえてきた。

せっかくなので【透明化】の実験に付き合ってもらおう。

俺は耳に意識を集中すると、アーマード・ベア・アーマーの付与効果……《聴覚強化A》を発動させた。

周囲の物音を拾いつつ、魔物の居場所へと向かう。

そこは街道から少し外れたところにある森の中だった。

鬱蒼《うっそう》とした木々のあいだを駆け抜けると、やがて開けた場所に出た。

「キシャアアアアアッ！」

そこには巨大なサソリが待ち受けていた。サイズとしては軽トラックほどはあるだろうか。

左右の前脚には鋭い鋏《はさみ》が付いており、そこから稲妻が迸《ほとばし》っている。かなり強そうな雰囲気だ。

俺は【鑑定】を発動させる。

ホワイトスコーピオン：大きなサソリ型の魔物。高い知性を持ち、凶暴で残忍な性格。左右の鋏から稲妻を放つことができる。尻尾から分泌される麻痺《まひ》毒は非常に強力なので要注意。ブラックスパイダーとは対立関係にあり、時々、争っている姿が観察される。

ホワイトスコーピオンの眼が、ギロリ、とこちらを向いた。

そして左右の鋏を掲げると、全身から殺意を漲《みなぎ》らせて激しく咆哮する。

「シャアアアアアアアアアアアアアアアアアアッ！」

ものすごい大音量だ。

どうしてホワイトスコーピオンはこんなにも興奮しているのだろう。

もしや、原因は俺の装備品か？

両腕の黒蜘蛛の籠手はブラックスパイダーが素材となっている。

ホワイトスコーピオンとしては不倶戴天《ふぐたいてん》のライバルが現れたように錯覚しているのかもしれない。

まあ、いい。

ホワイトスコーピオンがこちらに敵意を向けてくれるのは、俺にとって好都合だ。

【透明化】の実験ができるからな。

「キシャアアアッ！」

ホワイトスコーピオンは疾風のような速度で距離を詰めると、尻尾を持ち上げ、まるで集中豪雨のような刺突を繰り出してくる。

「……無駄だ」

俺は【透明化】を発動させた。

全身が半透明となり、ホワイトスコーピオンの刺突がすべてすり抜けていく。

……いったいどういう原理なんだろうな。

【フルアシスト】の説明によれば「空間を操作することで『ここにいるが、ここにいない』状態を作っている」らしい。

……なるほど、分からん。

ともあれ、現在の俺は一種の無敵状態にあった。

ホワイトスコーピオンは尻尾による攻撃を諦めて、今度は左右の鋏から稲妻を放った。

だが、それも俺の身体を通り抜けて、背後の木々を爆散させるだけで終わってしまう。

この時点でおよそ三秒が経過し、ＭＰは半分強まで減っている。

【透明化】は最大で六秒ほど継続できる、といったところか。

それじゃあ次は【空間拘束】を試してみよう。

……と、思っていたんだけどな。

ちょっと予定変更だ。

というのも、少し離れた木のそばにひとりの少女が倒れていたからだ。

目立った外傷はなさそうだが、気を失っている。

もしホワイトスコーピオンの麻痺毒を受けているなら早めに治療するべきだろう。

そのためには、まず、目の前のホワイトスコーピオンを片付ける必要がある。

「悪いが、これで終わりにさせてもらう」

俺は【アイテムボックス】を開くと、そこから魔剣グラムを取り出す。

「はあああああっ！」

そして、そのまま流れるような動きで、縦一閃《いっせん》の斬撃をホワイトスコーピオンに叩《たた》き込んだ。

一刀、両断。

ホワイトスコーピオンは左右真っ二つに分かれて絶命する。

その死体は【自動回収】の効果によってフッと消え去った。

大したことのない敵だったな。

俺は【アイテムボックス】にグラムを戻すと、少女のところへ向かう。

少女はいまだ意識を失ったまま、仰向《あおむ》けで地面に倒れている。

年齢は十七歳か十八歳あたりだろう。

衣服は乱れておらず、目立った負傷もない。

顔立ちは美しく整っており、黄金色の長い髪は月光に照らされてキラキラと輝いている。

全体の印象を一言でまとめるなら『お嬢様』あるいは『お姫様』といったところか。

明らかに、庶民という雰囲気ではなかった。

それなりの身分にあることは確かだろう。

「大丈夫か？」

俺は少女の肩を揺すりながら声をかける。

すると、すぐに少女が瞼《まぶた》を開いた。

「あら……？」

パチパチと何度か瞬《まばた》きを繰り返したあと、深青色の瞳で俺のほうを見る。

「貴方《あなた》は……？」

「通りすがりの冒険者だ。大丈夫か？」

「ええ、はい……」

少女はそう答えながらゆっくりと身を起こす。

周囲をキョロキョロと見回したあと、俺のほうを向いて、真剣な表情で言った。

「親切な冒険者さん、ここは危険ですわ。わたくしのことは構わず、お逃げなさい」

「どうしたんだ、急に」

「この森にはホワイトスコーピオンが棲《す》んでいますの。もしも貴方がAランクの冒険者であったとしても、一人で太刀打ちできる相手ではありません」

「それなら大丈夫だ。もう倒したからな」

「えっ」

少女が戸惑いの表情を浮かべる。

「ご冗談、ですわよね？」

「いや、本当だ。証拠ならここにある」

俺はそう告げると【アイテムボックス】から『ホワイトスコーピオンの死体』を取り出そうとした。

……いや、ちょっと待てよ。

左右真っ二つの死体なんて、さすがに刺激が強すぎないか？

相手は若い女性なわけだし、もう少しマイルドな方法を取るべきだろう。

俺は少し考えてから【解体】を発動させた。

対象はもちろん『ホワイトスコーピオンの死体』だ。

その結果、甲殻や大鋏、尻尾、毒袋などが手に入った。

さて、討伐の証拠として見せるなら、どれがいちばん分かりやすいだろうか。

やっぱり、鋏かな。

俺が【アイテムボックス】から『ホワイトスコーピオンの鋏』を取り出すと、少女は目を丸くして驚きの声をあげた。

「この白くて大きな鋏は……たしかに、ホワイトスコーピオンのものですわね」

「信じてくれたか？」

「ええ。こうして証拠もあることですし、疑う余地はありませんわね」

少女は頷くと、顔を上げて俺のほうを見た。

「冒険者さん。つかぬことをお伺いしますけれど、貴方、コウ・コウサカではありませんこと？」

「ああ。……前に、どこかで会ったか？」

「いいえ、初対面ですわ。わたくしが一方的に知っているだけですもの。――自己紹介が遅れて申し訳ございません。わたくしの名前はレティシア・ディ・メテオール、Aランクの冒険者ですわ。レティシア、とお呼びください」

そう言いながら少女は立ち上がると、両手でドレスのスカートをつまみ、軽く持ち上げながら一礼した。

その仕草はとても洗練されたもので、育ちの良さを感じさせる。

「コウ様のこれまでの活躍については、わたくしの耳にも届いておりますわ。冒険者になって日も浅いというのに、数多くの偉業を成し遂げられたとか。英雄というのは、貴方のような人物のことを言うのかもしれませんわね」

「それは過大評価だよ。どんな話を聞いたかは分からないが、どれもこれも、うまくいったのは俺ひとりの力じゃない。仲間が手を貸してくれたおかげだ」

たとえば暴食竜との戦いだって、俺だけなら無残な敗北に終わっていただろう。

アイリスやリリィ、そしてエルダーリッチによって生贄《いけにえ》とされた何千万もの人々の魂――。

たくさんのものに支えられての勝利だったと思っている。

「ふふ」

レティシアは口元に手を当て、クスッ、と微笑《ほほえ》んだ。

「噂《うわさ》どおり、謙虚な方ですのね。素敵ですわ」

「……そうか」

真正面から褒《ほ》められると、どうにも照れてしまう。

俺はレティシアから視線を逸らしつつ、話題を変えることにした。

「ところで、どうしてこんな場所で倒れていたんだ？」

「そういえば、事情をお話ししていませんでしたわね」

レティシアは、コホン、と咳払《せきばら》いをして話し始める。

「実はここ数日、大型の魔物の目撃証言がこの近辺で相次いでいましたの。わたくしはそれを調査するために森を訪れていたのですが、恥ずかしながら、ホワイトスコーピオンに不意を打たれてしまいまして……」

「それで気絶してた、ってわけか」

「ええ、そんなところですわ」

「……なるほど」

俺は相槌《あいづち》を打ちながら、あらためてレティシアの姿を眺める。

背はやや高く、手足はすらりと長い。

衣服だが、緑色を基調とした品のいいドレスを着ている。

本来ならば魔物の生息する森にはそぐわないファッションなのだが、不思議と様になっている。

美人は何を着ても似合う、というやつだろうか。

ただ、その立ち姿には、ひとつだけ違和感があった。

俺は言葉を選びながら問いかける。

「ホワイトスコーピオンは、魔物としては強いほうなんだよな」

「危険度A＋ですし、討伐には最低でも八人のAランク冒険者が必要だと思いますわ。それ以下の人数ならば、十中八九、無残に食い殺されるだけでしょう」

「もうひとつ確認させてくれ。レティシア、身体に怪我《けが》はないのか？」

「ご安心くださいませ。このとおりですわ」

レティシアはそう言うと、その場でクルリと華麗に一回転した。

スカートの裾が、ひらり、と翻る。

まるでダンスを踊るような軽やかな足取りだった。

その動きを見るに、無傷というのは本当なのだろう。

であれば、あまりに不自然すぎる。

魔物との戦闘中に意識を失っていながら、どうして傷ひとつ負っていないのか。

しかも相手はホワイトスコーピオン、凶暴で残忍なサソリの魔物だ。

レティシア自身の言葉を借りるならば、今頃、彼女はとっくに食い殺されているはずだろう。

俺は最大限の警戒を払いつつ、レティシアを【鑑定】する。

だが脳内に響いたのは、今までに聞いたことがないメッセージだった。


エラー。

対象は既存概念から外れた存在と推測されます。

これより解析プロセスに移行します。

「あら」

レティシアがフッと小さく笑みをこぼす。

「いま、【鑑定】を使いましたわね」

「……分かるのか」

「わたくし、自分に向けられる視線には敏感ですの。出会ったばかりの女性の秘密を暴こうだなんて、コウ様は意外に強引な方ですのね。……でも、そういうのも嫌ではありませんわ」

そう言って、レティシアは自然な足取りでこちらに近づいてくる。

俺は、その場から動かなかった。

もちろん警戒は続けていたが、彼女からは敵意や殺意のようなものを感じなかったからだ。

「さすがコウ様、この程度では動じませんのね」

レティシアの顔が、すぐ目の前にまで迫っていた。

互いの吐息がかかるほどの至近距離——けれど、そこには男女の甘やかさなどというものは存在せず、薄氷の上に立つような緊張感が満ちていた。

「あらためて名乗らせてくださいまし」

囁《ささや》くように、レティシアが告げる。

「わたくしはAランク冒険者のレティシア・ディ・メテオールにして、この世界の外側より呼び寄せられし大災厄の竜、あらゆる生命にとっての天敵——赫奕《かくやく》たる傲慢竜《ごうまんりゅう》ですわ」

第一話　金髪のお嬢様と知り合ってみた。

レティシア・ディ・メテオール。

真夜中の森で出会った彼女は、自分自身が「大災厄の竜」であると言った。

つまり、スリエを襲った暴食竜の同類、ということになる。

……はたして本当なのだろうか。

俺の疑問に答えるように【フルアシスト】が脳内で告げる。


解析の途中経過を報告します。

レティシア・ディ・メテオールの肉体は人族のものですが、大災厄『赫奕《かくやく》たる傲慢竜《ごうまんりゅう》』の魂を宿していると推定されます。


なるほどな。

すごく大雑把《おおざっぱ》に言うなら、彼女は「人の皮を被《かぶ》った災厄」なのだろう。

見た目は美女、中身は災厄……世の中には『きれいなバラにはトゲがある』なんて言葉も存在するが、ずいぶんと物騒なトゲもあったものだ。

「ふふ、驚かせてしまったかしら」

レティシアはいたずらっぽい表情を浮かべながら、耳元で囁《ささや》きかけてくる。

「わたくしとしては、貴方《あなた》と敵対するつもりはありませんわ。他の災厄のように街や人を襲うこともないですから、そこは安心なさってくださいな」

「……どういうことだ？」

「災厄の使命は、この世界を滅ぼすこと。……けれども、それに従うかどうかは別問題でしょう？　わたくしは今年で十七歳、少し遅めの反抗期ですの」

つまり、黒竜や暴食竜のような破壊活動を行うつもりはない、ということだろうか。

もちろん俺を油断させるための演技という可能性もあるが……さて、どう判断したものか。

「まあ、疑われてしまうのは仕方のないことですわね」

俺の考えを察したかのようにレティシアが言う。

「すでにわたくしは『ホワイトスコーピオンに襲われて気絶した』などと嘘《うそ》をついているわけですから、自業自得というものでしょう。それについては謝罪させてくださいまし」

「嘘を言った理由を、教えてもらっていいか？」

「単純な話ですわ。……初対面でいきなり『自分は災厄だ』なんて言い出したら、おかしな人間と誤解されるかもしれないでしょう？」

「……確かにな」

レティシアの言い分は、俺にとって十分に理解できるものだった。

というのも、俺は現代日本からこの世界に転移してきたわけだが、そのことを他人には明かさず、「人里離れた山奥で暮らしていた」という設定で通している。

「異世界から来ました」と言ったところで信じてもらえるか分からないし、それどころか、正気を疑われる可能性が高いからだ。

そういう意味じゃ、俺もレティシアも似たような思考回路の持ち主なのかもしれない。

「じゃあ、どうして正体を明かすことにしたんだ？」

「……少し、曖昧な言い方になってしまいますが」

と、レティシアは躊躇《ためら》いがちに告げた。

「コウ様とは遠い昔にどこかで会ったことがあるような、そんな気がしましたの」

「俺たちは初対面のはずだけどな」

そう答えつつも、俺は少しだけ不思議な感覚に陥っていた。

以前にもレティシアと言葉を交わしたことがあるような――。

いわゆる既視感《デジャヴ》と呼ばれるものだ。

ただの錯覚と言いたいところだが、アニメやマンガなら、こういうのって伏線になるんだよな。

一応、このことは覚えておいたほうがいいかもしれない。


話も一段落ついたところで、レティシアは森の中で気絶するまでの経緯について説明してくれた。

「先ほども言いましたけれど、この近辺では大型の魔物の目撃証言が相次いでいますわ。わたくしはその調査のために森を訪れていましたの」

そして森の中でホワイトスコーピオンを発見し――彼女は戦いを挑むことにした。

「ホワイトスコーピオンは獰猛《どうもう》な魔物です。放っておけば近隣の町や村に被害が出るかもしれませんわ。……トラブルの芽はできるだけ早く摘《つ》んでしまうべきでしょう？」

「確かにそうだな」

俺としてはレティシアの意見に異論はないし、むしろ大賛成だ。

トラブルの早期解決は、俺が日本で炎上案件の対処に追われていたころからのポリシーだ。

ただ――

「一人でホワイトスコーピオンに挑むのは、さすがに無茶だったんじゃないか？　Aランク冒険者が八人は必要なんだよな？」

「コウ様。わたくしは災厄ですわよ。ホワイトスコーピオンごときに負けるはずがありませんわ」

「でも、俺がここに来たときは気絶してたよな。何があったんだ？」

「……実は、わたくしにも理由がよく分かりませんの」

レティシアは首を横に振りながらそう言った。

その表情は本当に不思議そうであり、嘘をついているようには見えなかった。

「ただ、意識を失う直前、少し離れたところから他の災厄の〝圧〟のようなものを感じましたの。気配としては暴食竜に近いものでしたけれど、かの竜はコウ様との戦いで深手を負って、この世界の外側に逃げ出したはずですわ。こんな短期間で戻ってこられるはずがありませんし、いったい、どういうことなのでしょうか……？」

「もしかしたら俺が【空間操作】を使ったせいかもな」

「それは暴食竜の固有能力ですわよね。……どうしてコウ様が？」

「奪い取ったんだ」

「えっ」

俺の答えはレティシアにとって予想外だったらしく、驚きの声をあげた。

とりあえず、証拠を見せておくかな。

俺は【空間操作】に含まれる能力のひとつ――【透明化】を発動させた。

「これで信じてくれるか？」

「ええ、確かにこれは暴食竜の【空間操作】ですわね。……あら？」

「どうした？」

「少し、左手を拝見してもよろしくて？」

「ああ」

俺は【透明化】を解除すると左手を差し出した。

そこに、レティシアが左右から両手を添えてくる。

彼女の手はひんやりとして、やけに心地がいい。

「コウ様の手から、黒竜の気配を感じますわ。……もしや【災厄召喚】も使えますの？」

「よく分かったな」

「わたくしには災厄としての知識がありますもの。災厄には三つの天敵が存在しますわ。ひとつは【器用の極意】を持つ勇者、もうひとつは【魔法の天稟《てんぴん》】を持つ賢者、最後は【災厄召喚】を持つ魔王――コウ様は【災厄召喚】を持っているから、魔王ですわね」

「いや、違うぞ」

俺は首を横に振る。

脳内に蘇《よみがえ》るのは、この世界に転移する直前のできごとだ。

勇者、賢者、魔王、どの役割を望むか。そんな質問をいきなり突きつけられた。

俺が選んだのは隠し選択肢の「四、どれも選ばない」であり、結果として【創造】をはじめとする数多くのチートスキルを手に入れた。

そのうちのひとつに【器用の極意】も含まれている。

【魔法の天稟】は聞いたことがないな……と思っていたら、【フルアシスト】が起動し、頭の中に情報が流れ込んでくる。

それによると、俺は一応【魔法の天稟】を保有しているらしい。

効果としては「竜の力を封じた指輪を装着することにより、対応する属性の魔法を自在に扱える」というものであり、俺の場合は【フルアシスト】に統合されている。

要するに俺は、勇者・魔王・賢者、それぞれに対応するスキルをすべて持っているわけだ。

そのことをレティシアに伝えると、彼女は完全に言葉を失っていた。

しばらく茫然《ぼうぜん》とした表情を浮かべていたが、やがて我に返ると、俺に言う。

「勇者・魔王・賢者——三つの力をすべて所有しているなんて、本来ならありえないことですわ。

……まさに規格外の存在ですわね。わたくし、貴方にとても興味が湧いてきましたわ」

レティシアは好奇心たっぷりの視線を俺に向けながら話を続ける。

「もしよろしければ、わたくしもコウ様の旅に同行させてくださいませ。とはいえ急な提案ですし、不都合があれば遠慮なく断っていただいても——」「別に構わないぞ」——いま、何とおっしゃいまして？」

「今は夜更けだし、こんな山奥に女性を放り出していくのも心配だからな。馬車まで一緒に戻るか」

「ありがとうございます。ではお言葉に甘えて……と言いたいところですが、コウ様、本当によろしくって？　もう一度言いますけれど、わたくし、災厄ですわよ」

「俺と敵対するつもりはないんだろう？」

「それはもちろんですわ。わたくしが拳を向けるのは、悪党と魔物だけと決めていますもの」

まるで正義のヒーローみたいなセリフだな。

俺は苦笑しつつ、レティシアに告げる。

「だったら何の問題もないな。よろしく頼む」

「ふふっ」

「どうした？」

「コウ様は器の大きい方ですのね。わたくし、素敵だと思いますわよ」

「それは過大評価だよ」

俺は短くそう答える。

いきなり褒《ほ》められたものだから、少し照れていた。

そんなとき、頭の中に【フルアシスト】の声が響いた。


レティシア・ディ・メテオールの同行に賛成します。


おっと。

【フルアシスト】も俺と同じ結論らしいが、どんな根拠に基づいてのことだろうか。

ちょっと気になるところだな……と思っていると、さらに言葉が続く。

レティシア・ディ・メテオールを同行させた場合、災厄という存在について詳細な解析を行うことができます。

その情報を用いることにより、今後、ユグドラシルの弓と同等、あるいはそれを超える『対・災厄』のアイテムを【創造】できるかもしれません。


これはいいことを聞いたな。

ユグドラシルの弓は『災厄殺しの弓』という異名を持ち、その名前のとおり、災厄に対して絶大な威力を発揮する。

ただし、その使用にあたっては『災厄殺しの矢』が必要であり――リリィの【予知夢】によると、矢は彼女の命と引き換えに召喚されるらしい。

暴食竜との戦いにおいては、リリィの魔力を消費することで矢を召喚できた。

だがそれは弓の出力が20パーセントに留《とど》まっていたからで、たとえば100パーセントであればリリィの命が必要になるのかもしれない。

俺としては、そんな事態は避けたいところだ。

もしもユグドラシルの弓よりも強力なアイテムが【創造】できるなら、問題はすべて解決する。

そこは【フルアシスト】の解析結果に期待させてもらおう。

俺はレティシアを連れてグランド・キャビンに戻ることにしたわけだが、その道中、彼女は自分の身の上について話してくれた。

「わたくしが生まれたのは、海を越えてはるか北にある雪国ですの。信じられないかもしれませんが、一応、第二王女でしたのよ」

「お姫様だった、ってことか」

「ふふ、そう言われると照れてしまいますわね」

レティシアは口元に笑みを浮かべながら話を続ける。

「わたくしは最初、自分をただの人間と思い込んでいましたわ。災厄としての力も、記憶も、すべて心の奥底に眠らせていましたの」

しかし五年前のある日、レティシアに大きな変化が訪れる。

当時、彼女の国では国王が病《やまい》に臥《ふ》せったことをきっかけとして、王位継承権をめぐっての争いが宮廷内で繰り広げられていた。レティシアとしては王位を継ぐつもりはなかったが、だからといって周囲が見逃してくれるかどうかは別問題だ。

……彼女が十二歳の誕生日を迎えたその日、毒入りのクッキーを口にしたことにより、三日三晩、生死の境を彷徨《さまよ》うことになった。

「それがきっかけになって、わたくしは、自分が何者なのかを思い出しましたの」

レティシアは己が災厄であることを自覚すると、その力によって毒を克服し、死の淵《ふち》から蘇った。

その後、彼女のクッキーに毒を盛るように指示した犯人——第二王子を糾弾して王位継承争いから脱落させると、国を出ることにした。

「レティシアは第二王女だったんだよな。そんな高い身分の人間が、簡単に自分の国を離れられるものなのか？」

「本来ならば不可能だったでしょう。ですが、災厄はそれぞれ特殊な固有能力を持っておりますの。わたくしの場合は複数ありますが、そのうちのひとつを使いましたの」

「どんな能力なんだ？　……って、これ、聞いていいのか？」

俺の質問を言い換えるなら「おまえの手の内を教えろ」ということになる。

本来ならば断られても仕方ないところだが、レティシアはすぐにこう答えた。

「せっかく同行を受け入れていただいたわけですし、お教えしておきましょうか。わたくしの固有能力のひとつは【支配】——簡単に言えば、一種の洗脳ですわね。手を触れたものに傲慢竜の因子を浸透させることで、ヒトやモノを操り人形にできますの」

「モノってことは、生物以外にも有効なのか？」

「ええ。実演してみせましょうか」

そう言ってレティシアは左手を伸ばすと、すぐ近くにあった木に触れた。

「——わたくしの名において命じますわ。枯れて枝葉を落としなさい」

その木からはたくさんの枝が伸び、緑色の葉っぱが数多く生い茂っていた。

だが、レティシアが命じた次の瞬間、一斉に枝葉が抜け落ちたのだ。

「……ざっとこんなものですわ」

ちなみに今のレティシアだが、木の根元に立っていたせいで、落ちてきた葉っぱの中に埋もれてしまっている。顔だけがヒョッコリと出ている形であり、なかなかシュールな光景だ。

もしかしたら、意外にうっかりさんなのかもしれない。

「大丈夫か？」

俺がそう言って右手を差し伸べると、レティシアはいたずらっぽい表情を浮かべて答えた。

「あら、わたくしに触れるのが恐くありませんの？　コウ様に【支配】を使うかもしれませんわよ」

「もし俺に【支配】を使うつもりなら、わざわざ実演して手の内を明かす必要はないだろう」

「でも、コウ様を油断させる策という可能性もありますわ」

「ま、その可能性は否定できないな。けれどそもそもの話、俺に【支配】は効かないぞ」

「……マジですの？」

どうやら俺の言葉は、レティシアにとって大きな衝撃だったらしい。

お嬢様言葉がちょっと崩れている。

「ああ。大マジだ」

俺は頷《うなず》く。

脳内では【フルアシスト】がこう告げていた。

現在【支配】の解析を行っています。

――経過報告、傲慢竜の因子はコウ・コウサカの持つ【転移者】により遮断が可能です。

「……コウ様は本当に規格外ですのね」

レティシアが感嘆のため息をつく。

「災厄としての記憶によれば、勇者、賢者、魔王の三者はいずれも【転移者】というスキルによって守られているそうですわ。けれど【支配】の効果のほうがはるかに強かったはずですの」

「試してみるか？」

「コウ様さえよろしければ……」

レティシアは左手を伸ばすと、俺の右手を、手の甲の側からぎゅっと握った。

「――わたくしの名において命じますわ。ええと、貴方の趣味を教えなさい」

どうして趣味を言わせようとしたのかはよく分からないが、たぶん、レティシアとしては穏当な命令を下したつもりなのだろう。

俺がひとり納得していると、脳内に無機質な声が響いた。


傲慢竜の因子を感知しました。【転移者】の状態異常無効によって遮断を行います。


次の瞬間、右手のあたりで銀色の光が弾《はじ》けた。

「きゃっ！」

レティシアが小さな悲鳴をあげる。

それから、しげしげと俺の右手を眺めながら言った。

「確かに【支配】が効きませんでしたわね」

「そういうことだ。ちなみに趣味は……」

あれ？　俺の趣味って、何だ？

大学生まではゲームだったが、就職してからは何ひとつマトモに遊べていない。

異世界に来てからも、趣味らしい趣味というのは持っていないような気もする。

街から街へ移動するときに本をいくつか読んでいたが、あれは時間潰《つぶ》しみたいなものだしな……。

俺が答えに困っていると、レティシアはクスッと笑った。

「無理に答えなくても構いませんわ。ちなみに、わたくしは詩と絵画ですわ」

それはまた、ずいぶんと文化的な趣味だな。

「ひとつ、吟じてみましょうか」

レティシアは何気ない様子でそう告げると、大きく息を吸い込んだ。

そして、高らかな声で謳《うた》い上げる。

「汝《なんじ》、黒き竜を従え、暴食の竜を食らいし竜殺しの英雄なり。

遠き地より来たりて、何を思い、何を為《な》すのか。

希《こいねが》わくばその旅路に数多《あまた》の祝福があらんことを」

ええと。

俺には芸術的なセンスが欠けているので、これが詩として素晴らしいかどうかは判断できない。

ただ、全体的な雰囲気はどことなく中二病っぽく、その点では親近感が湧く。

俺も十代のころは、妙なポエムをノートに書いていたからな。

「この詩ですけれど」

と、レティシアが言った。

「せっかくなのでコウ様のことを謳ってみましたわ。お気づきになりまして？」

「ああ、もちろん」

俺は【災厄召喚】によって黒竜を使役できるし、暴食竜から【空間操作】を奪い取っている。

しかもオーネンやトゥーエ、スリエでは《竜殺し》なんて呼ばれ方もしているわけで、そのあたりを考えると、レティシアの詩が俺を題材にしていることは明らかだった。

「ふふっ、分かってくれて嬉《うれ》しいですわ。故郷にいたときは、誰一人としてわたくしの詩を理解してくれなかったのですもの」

まあ、それは仕方のないことだろう。

中二病ポエムってやつは解読に特殊なセンスが必要だからな。


俺たちは森を出ると丘を登り、頂上近くに停めてあるグランド・キャビンへと向かった。

見張り役のデストがこちらに気づき、声をかけてくる。

「オカエリナサイマセ、マスター。ソチラノ女性ハ……？」

「レティシア、自己紹介してもらっていいか」

「もちろんですわ」

俺の言葉に頷くと、レティシアはスカートの裾をつまんで左右に広げた。

「わたくしはレティシア・ディ・メテオールと申します。よろしくお願いしますわ」

「ハジメマシテ、レティシアサン。デスト、デス」

デストはそう言うと、左手を自分の腹部に、右手を背中に当て、まるで執事のような動きでお辞儀をした。

「ふふ、まるで人間みたいな仕草ですわね。随分と優秀なオリハルコンゴーレムですけれど、コウ様、この子はいったいどこの遺跡で見つけましたの？」

「見つけたというか、俺がスキルで作ったんだ。あと、厳密に言うならデストはオリハルコンゴーレムじゃない。超高出力の魔導レーザー砲を搭載したデストロイゴーレムだ。古代文明には存在しなかった新型だな」

「えっ……？」

俺の返答はレティシアにとって予想外のものだったらしい。

驚きのあまり深青色の眼《め》を大きく見開くと、瞬《まばた》きをパチパチと繰り返しながら呟《つぶや》く。

「わたくしの知識が確かなら、たとえスキルがあろうとも、現代の技術で新たにオリハルコンゴーレムを製造することは不可能なはずですわ。ましてや、オリジナルの新型を作り出すなんて……。コウ様は本当に規格外の存在ですのね」

「フフン！」

レティシアの言葉に、なぜかデストが誇らしげに胸を張った。

両目をキュピーンと光らせると、電子音声を発する。

「マスターハ、スゴイ人、ナノデス！」

「ふふっ。デストさんはコウ様のことを慕っておられますのね」

「モチロンデストモ！」

デストは背筋をピンと伸ばすと、右手で敬礼のポーズを取った。

……なんというか、ここまで褒め倒されると、さすがに照れてしまう。

俺は右手で頬《ほお》をポリポリと掻《か》きながら、左手でグランド・キャビンのドアを開けた。

「夜も更けてきたし、中に入らないか？」

「ふふ、そうですわね」

レティシアは俺が照れていることに気づいているのか、いないのか……ともあれ、やわらかな笑みを浮かべると、軽やかな足取りでグランド・キャビンに乗り込んだ。

グランド・キャビンの一階は真っ暗だったが、俺たちの存在を感知すると、天井の魔導灯が自動的にパッと点灯した。暖かな橙色《だいだいいろ》の光があたりを照らす。

「まあ……！」

グランド・キャビンの室内を見回しながら、レティシアは感嘆のため息を漏らした。

「こんな豪華な馬車、今までに見たことがありませんわ。リビングにダイニング、しかも奥にはキッチンまで揃《そろ》っているなんて……」

「二階には個室もあるぞ。レティシアは……そうだな、階段を上がってすぐの、手前にある部屋を使ってくれ」

もともとは俺の部屋だが、ここは女性に譲るとしよう。

俺はリビングのソファで眠ればいい。

横幅としては大人が六人くらい並んで座れるほどなので、十分に寝転がることができる。

「他の二部屋は仲間が使ってる。もう寝てるだろうし、紹介は明日でいいか？」

「ええ、構いませんわ。……ところで、ひとつ、つかぬことをお伺いしてもよろしくて？」

「もちろん。何でも訊《き》いてくれ」

「二階に個室はいくつありますの？」

「三つだな」

「わたくしがそのうちの一つを、コウ様のお仲間が二つを使っているわけですわよね。個室は三部屋しかありませんから、これですべてが埋まってしまいますわ」

おっと。

どうやらレティシアは気づいてしまったようだ。

「コウ様は今晩、どちらでお休みになりますの？　わたくしに部屋を譲ってしまったら、寝る場所がなくなってしまうと思うのですが……」

「心配しなくても大丈夫だ。俺はリビングのソファで寝るさ」

「でしたら、コウ様が寝室をお使いくださいませ。わたくしは災厄ですし、ソファで十分ですわ」

「それって災厄と関係あるのか？」

「さあ……？　でも、わたくしが寝床を選ばないのは確かですわ。祖国にいたころも、木の上で昼寝をしては怒られていましたもの」

「……レティシアって第二王女だったよな」

「お父様からは『元気に育ってくれればいいと思っていたが、元気すぎる……』と言われましたわ」

……ええと。

ここまでの話を総合すると、レティシアは外見こそ『高貴な令嬢』といった雰囲気だが、中身はかなりのおてんば王女だったのだろう。

「では、わたくしがリビングで寝るということでよろしいかしら」

「話がまったく繋《つな》がってないぞ」

「さすがコウ様、やはり気づきましたか」

「当たり前だ。それはともかく、レティシアが災厄だろうが何だろうが、女性をこんな場所に寝転がしておくことはできない。俺の顔を立てると思って、二階の部屋を使ってくれ」

「……そう言われてしまっては、反論できませんわね」

レティシアは、ふふ、と口元に笑みを浮かべた。

「コウ様を困らせたくはありませんし、今回は厚意に甘えさせていただきますわ」

「ああ、そうしてくれ」

「ありがとうございます。それではおやすみなさいませ。お気遣い、本当に感謝いたしますわ」

レティシアは最後にそう言うと、軽やかな足取りで二階への階段を上っていった。

「ふぁ……」

一人になったところで、あくびが出た。

いい感じに眠気がきているし、寝るなら今がチャンスだろう。

それでは、おやすみなさい。

第二話

レティシアを皆に紹介してみた。

翌朝、俺はリビングのソファで目を覚ました。

窓からは暖かな陽光が差し込んでいる。

「ふぁ……」

小さくあくびをしながら、背伸びをする。

すると、テーブルを挟んだ向かい側から女性の声が聞こえた。

「ふふ。おはようございます、コウ様」

「……レティシア、起きてたのか」

反対側のソファを見れば、そこにはレティシアの姿があった。

長い黄金色の髪が、太陽の光に照らされてキラキラと輝いている。

「昨日はよく眠れたか？」

「ええ、部屋を譲ってくださったおかげで、ぐっすり眠れましたわ。少し早めに目が覚めましたので、ここでコウ様の寝顔を拝見しておりましたの」

「俺の顔なんか眺めても面白くないだろう」

「いえいえ、とても可愛《かわい》らしかったですわ」

レティシアはクスッと小さく笑う。

「かの有名な《竜殺し》も、寝顔はずいぶんと穏やかですのね」

「まあ、少なくとも悪夢は見ていなかったな」

そんな話をしていると、今度は二階からリリィが下りてきた。

その両腕には、まるでお気に入りのぬいぐるみのようにスララを抱えている。

「コウさん、おはようございます」

「マスターさん！　おはようだよ！　……あれ？　女の人が増えてるよ！」

スララが、レティシアの存在に気づいて声をあげる。

「ぼくはおせわスライムのスララだよ！　おねえさんの名前が、知りたいよ！」

「わたくしはレティシア・ディ・メテオールですわ。たまたま縁がありまして、コウ様の旅に同行させていただくことになりましたの。よろしくお願いいたしますわ」

「私は、リリィ・ルナ・ルーナリア、です。……レティシアさんのことは、昨夜、【予知夢】で見ました。正体についても把握しています」

「あら」

レティシアは目を丸くすると、リリィのほうを向いて言った。

「リリィ様が着ているのは戦神教の神官服ですわね。しかも【予知夢】持ちということは、もしや【戦神の巫女《みこ》】でして？」

「はい。そのとおりです」

リリィは頷《うなず》くと、今度は俺に話しかけてくる。

「コウさん、レティシアさんが何者であるかは、把握していますか？」

「……ああ」

「リリィさん、心配する必要はありませんわ」

俺が頷くのと同じタイミングで、レティシアが口を開いた。

「わたくし、自分の正体についてはすでにコウ様に説明しておりますもの」

「ねえねえ、レティシアおねえさん」

ふと、スララが声をあげた。

「ぼくは、レティシアおねえさんのこと、名前しか知らないよ！」

どうやらこの様子だと、リリィは【予知夢】の内容をスララに話していないようだ。

「なにか秘密があるなら、おしえてほしいよ！　わくわく！」

「ふふっ、スララ様は無邪気ですのね」

レティシアはクスッと笑みを浮かべると、ぽんぽん、とスララの頭を撫《な》でた。

「では、自己紹介も兼ねて詩を吟じるとしましょうか。


我は遥《はる》か遠き最果てより来たるもの。

蒼《あお》き閃光《せんこう》にて夜空を切り裂く流星なり。

我は万物ことごとくを跪《ひざまず》かせるもの。

生きとし生ける者の天敵たる災厄なり。

我が名は赫奕《かくやく》たる傲慢竜《ごうまんりゅう》。

汝《なんじ》、諸手《もろて》を挙げてその忌み名を礼賛すべし。

「……こんなところですわね」

「ええと……」

リリィは戸惑ったような表情を浮かべていた。

まあ、無理もないよな。

レティシアの詩は中二病ポエムだし、それを一発で理解できるのは俺のような『同類』だけだ。

普通はうまく解読できず、リリィみたいな反応になるものだ。

一方で、スララはというと——

「えええええええええええええっ！　レティシアおねえさんは、災厄なの!?」

口を大きく開けて、驚きの声をあげていた。

どうやらスララはあの詩をきちんと理解できたらしい。

「マスターさん、大変だよ！　災厄だよ！　でも、わるい人じゃなさそうだよ！」

「ああ、そうだな」

俺がスララの言葉に頷くと、レティシアは嬉《うれ》しそうに口元を綻《ほころ》ばせた。

「ふふ、信用してくださってありがとうございます。災厄として暴れるつもりはありませんから、その点はどうかご安心くださいまし。わたくし、破壊活動よりも創作活動のほうが好きですもの」

創作活動というのは、先ほどのポエムを指しているのだろう。

あとは……絵が趣味と言っていたっけな。

どんな絵を描くのか気になるところだが、それはさておき、階段のほうから新たに足音が聞こえてくる。

「おはよう。みんな早いのね」

髪を結んだリボンの位置を右手で整えながら、アイリスが一階に下りてきた。

その髪は長く、赤く、まるで宝石のような色彩を放っている。

「……あら？」

赤色の瞳が、昨日まではここにいなかった人物……レティシアへと向けられる。

何度か瞬《まばた》きを繰り返したあと、戸惑いの表情を浮かべながら、こう言った。

「あなた、もしかして……レティシア？」

「お久しぶりですわね、アイリス様」

おっと。

どうやらこの二人、以前からの知り合いのようだ。


アイリスとレティシアの関係は気になるところだが、そのあたりは朝食を食べながら聞くことにした。

というのも、リリィの腹が「くぅ……」と遠慮がちに音を立てたからだ。

「す、すみません。お話の途中なのに……」

リリィは顔を真っ赤にしながら俯《うつむ》いた。

「別に気にしなくていい。正直、こっちも腹が減って限界だったからな」

俺は軽くフォローを入れながら【アイテムボックス】を開く。

取り出したのはスリエで買ったテイクアウトのホテップだ。

ホテップとは牛肉や鶏肉、野菜などをぐつぐつと煮込んだスープで、イメージとしてはフランス料理のポトフに近い。

【アイテムボックス】の内部は時間が止まっているため、取り出したホテップは出来たてホカホカの状態だった。

「まあ！」

レティシアの瞳が、ぱあああっ、と輝いた。

「それはホテップですわね！　わたくし、大好物ですの！」

雪国育ちだけあって、こういう温かいスープに目がないのだろうか。

いずれにせよ、喜んでくれてなによりだ。

「おかわりもあるから言ってくれよ」

「ふふっ。ではお言葉に甘えて、遠慮なくいただきますわ」

そうして朝食が始まったところで、俺はアイリスに問いかけた。

「レティシアとは知り合いなのか？」

「ええ。高危険度の魔物を討伐するクエストを受けたとき、レティシアも同じ討伐隊にいたのよ」

「一年くらい前のことですわ。……それにしてもアイリス様、昔に比べると、随分と雰囲気が変わりましたわね」

「そう？」

アイリスは小さく首を傾《かし》げる。

「まあ、一年前に比べたら、少しは変わったかもしれないわね」

「少しどころの話ではありませんわ。以前のアイリス様は、もっと冷淡で、人を突き放した感じの方でしたもの」

「……確かにな」

俺はレティシアの言葉に頷いた。

かつてのアイリスはツンと澄ました雰囲気で、時折、その言動には暗い過去の影が混じることもあった。

故郷である竜人の国において冷遇を受け、さらには妹のフェリスを失ったことが心の傷になっていたのだろう。

出会った当時に比べると、アイリスはずいぶんと表情豊かになった。

「まあ、いい傾向だよな」

「コウがそう言ってくれるなら嬉しいわ」

「……なるほど。何がアイリス様を変えたのか、理由がよく分かりましたわ」

レティシアが俺たちを見て、やけにしみじみとした表情で頷いた。

「ちょっと待って、レティシア」

慌てたようにアイリスが言う。

「あなた、なんだか妙な誤解をしているような気がするのだけど……」

「そんなことありませんわ。わたくしは親友としてアイリス様を応援させていただきますわ」

「あたしたち、一緒に魔物を討伐しただけの関係よね。しかも一度だけ」

「わたくしが親友と思ったら、その瞬間から親友ですわ」

レティシアは胸を張ると、堂々とそう言い切った。

どうやらかなり押しの強いタイプらしい。

アイリスも同じことを思ったのか、苦笑しながら口を開いた。

「レティシア、あなた、あいかわらず怖いもの知らずね」

「それは当然でしてよ。わたくしは大災厄、赫奕たる傲慢竜――この世で恐れるものなんて、せいぜい、お腹まわりの肉くらいですわ！」

「……ちょっと待って」

アイリスの動きが、ピタリ、と止まった。

「今、とんでもない話が聞こえた気がするのだけど」

「そういえばアイリス様にはお話ししてませんでしたわね」

ポン、と手を合わせてレティシアが言う。

「わたくし、実は災厄の竜ですの。細かいところはコウ様に聞いてくださいまし」

なぜ俺に話を丸投げするんだ。

まあいい。

俺はコホンと咳払《せきばら》いすると、レティシアの正体について説明を始めた――。


「……なるほどね」

俺の話を聞き終えると、アイリスは深く頷いた。

「正直、予想外の内容すぎて理解が追いついていないけれど――コウは、レティシアのことを信用できる、って判断したのよね」

「ああ」

「だったら異論はないわ。あたしはコウのことを信用してるもの」

「あら、アイリス様。それでよろしいのかしら？」

レティシアが冗談めかした調子で言う。

「わたくしがコウ様を騙《だま》しているかもしれませんわよ」

「それは大丈夫よ。コウって、基本的に抜け目がないもの」

「いや、さすがにそれは過大評価だろう。俺だって時々、ドジを踏むことがあるぞ」

「そのときはフォローするわ。あたしたち、仲間でしょう？」

「そうだな」

俺とアイリスは互いに視線を交わすと頷き合った。

一方、レティシアはリリィとスララに向かってヒソヒソと囁《ささや》きかけている。

「三人で喋《しゃべ》っていたはずなのに、いつのまにか置いてけぼりにされてしまいましたわ……」

「ええと、ご愁傷さまです……？」

「レティシアおねえさん、元気だしてね！」

「リリィ様、スララ様。ありがとうございます。まあ、これはこれで面白いですし、壁か床になったような気持ちでお二人のことを観察していこうと思いますわ」

レティシアが何を言っているのかよく分からないが、ともあれ、彼女の正体については全員が把握した。同行にも反対が出なかったし、このままフォートポートを目指すとしよう。

ああ。そうそう。

レティシアは「恐れるのはお腹まわりの肉くらい」というようなことを言っていたが、朝食のあとに【アイテムボックス】からプリンを取り出したら、真っ先にパクパクと食べていた。

お腹まわりの肉が恐いんじゃなかったのか？

「ご心配なく。わたくし、お腹には脂肪がいかない体質ですので」

それは羨《うらや》ましいな。


朝食のあと、グランド・キャビンは丘を下り、街道へと戻った。

旅は順調に進んでおり、予定どおりならば昼前にはフォートポートに到着するだろう。

それまでのあいだは各自、グランド・キャビンのなかで思い思いに過ごすことになった。

俺は一階のリビングでソファに背を預けると、頭の中で【アイテムボックス】を開く。

今のうちにやっておきたいことがあった。

昨夜、俺はホワイトスコーピオンを倒し、甲殻や大鋏《おおばさみ》といった素材を手に入れた。

それらを使って新しいアイテムを【創造】できないだろうか。

「……おっ？」

俺の思考に連動して【フルアシスト】が自動的に起動し、脳内に新たなレシピが浮かんでくる。

黒蜘蛛《くろくも》の籠手《こて》×一　＋　ホワイトスコーピオンの甲殻×一　↓　バスタード・ガントレット×一

黒蜘蛛の籠手はブラックスパイダーの素材から【創造】したアイテムで、俺がふだん装備している防具のひとつだ。粘着質の糸を吐き出すことで敵の動きを拘束できる。

今の時点でもかなりのチートアイテムだが、さらに強化できるなら、それに越したことはない。

……細かい話なんだが、『籠手』と『ガントレット』って同じ意味の言葉だよな。

なぜ統一されていないのか疑問だが、とりあえず【創造】してみよう。

俺が実行を念じると、【アイテムボックス】のリストにバスタード・ガントレットが追加された。

バスタード・ガントレット：ブラックスパイダーとホワイトスコーピオン――不倶戴天《ふぐたいてん》のライバルである二匹の魔物を素材にして作られた最高級のガントレット。雷撃を発し、敵を昏倒《こんとう》させることが可能。

付与効果：《衝撃吸収S＋》《魔力吸収S＋》《黒蜘蛛の糸EX》《白蠍《しろさそり》の雷撃EX》

よし、完成だ。

まずは実物を確かめてみよう。

【アイテムボックス】からバスタード・ガントレットを選択すると、俺の両腕が淡い光に包まれ、自動的に装着が行われる。

黒蜘蛛の籠手に比較すると、バスタード・ガントレットはやや大きく、デザインはより鋭角的で攻撃的なものに変わっていた。

色はグレーだが、これはブラックスパイダーとホワイトスコーピオン、両方の要素を持ち合わせているからだろう。

そういえば日本にいたころ、ネットのニュース記事で『クモとサソリの祖先は同じ』みたいな話を読んだ記憶がある。

だったら、もしかすると――

「ブラックスパイダーとホワイトスコーピオンも、同じ祖先を持つのかもしれないな」

俺はつい、口に出して呟《つぶや》いていた。

それはただの独り言のはずだった……のだが、すぐ近くで窓の景色を眺めていたスララには聞こえていたらしく、俺のほうを振り向くと、こう言った。

「マスターさん、よく知ってるね！　大正解だよ！」

「……なんだって？」

俺は思わず訊《き》き返す。

「古代の魔物学者さんが言ってたけど、ブラックスパイダーとホワイトスコーピオンは同じひとつの魔物から生まれた兄弟みたいなものなんだって！」

「似たような話は、竜人族の伝承にも残っているわ」

アイリスは俺の左隣に座り、テーブルに観光ガイドブックを広げて覗《のぞ》き込んでいたが、紙面から顔を上げると、そう言った。

「ブラックスパイダーとホワイトスコーピオンは、共通の祖先を持つからこそ、どっちが正当な後継者なのかを懸けて大昔から争っているらしいわよ」

「まるで人間みたいな話だな」

「あくまで言い伝えだから、本当かどうかは分からないけどね。……ところでコウ、さっきから気になっていたんだけど、その籠手、新しく作ったの？」

「ああ。もともと持っていた黒蜘蛛の籠手に、ホワイトスコーピオンの素材を加えて強化したんだ」

「だからブラックスパイダーとホワイトスコーピオンの話をしていたのね。納得したわ」

「ま、そんなところだ」

俺はアイリスの言葉に頷き……ふと、リリィの視線に気づいた。

リリィは俺の左斜め向かいに座っており、先ほどまではアイリスと一緒に観光ガイドブックを眺めていたが、いまはバスタード・ガントレットに興味津々の様子だった。

まるで憧れの楽器を眺める子供のように物欲しそうな表情を浮かべている。

「つけてみるか？」

俺はそう言ってバスタード・ガントレットを外すと、リリィのほうへ差し出した。

「……いいんですか？」

「もちろん。人生、何事も経験だからな」

「あ、ありがとうございます……」

リリィは遠慮がちにそう言うと、バスタード・ガントレットに腕を通す。

「……ぶかぶかです」

まあ、そうだよな。

バスタード・ガントレットは俺の体格に合わせて作られている。

リリィは小柄で手足も細いので、こればかりは仕方のないことだろう。

「ありがとうございました。……コウさん、腕、太いんですね」

「そうか？　普通だと思うけどな」

俺はリリィからバスタード・ガントレットを受け取りながら自分の腕に視線を向ける。

……言われてみれば、会社員時代に比べて筋肉がついたような気もする。

今日までの激闘の成果とすれば、それは嬉しい副産物だ。

そんなことを考えていると、頭の中に無機質な声が響いた。

どうやらバスタード・ガントレットを作ったことでスキル経験値が増加し、【創造】がランクアップしたらしい。現在は17だ。それによってレシピが増えている。

トランペット×一　＋　闇色の法衣×一　＋　ユグドラシルの枝×一
　　　　　　　　　　　　　　　　　　↓　神聖なるギャラルホルン×一

おっと、なんだか予想外の組み合わせだな。

トランペットはスリエの祭りで手に入れたもので、闇色の法衣はエルダーリッチの遺品（？）、そしてユグドラシルの枝はデビルトレントの枝から【素材錬成】したものだ。

お互いに無関係そうな三つの素材から生まれる『神聖なるギャラルホルン』は、いったいどんなアイテムなのだろうか。

とても気になるところだし、さっそく作ってみよう。

――【創造】。

神聖なるギャラルホルン：神聖な力を帯びた笛。その音色は勇ましき戦士たちの魂を現世に帰還させ、大いなる力を与える。
付与効果：《スピリットウォーリアー召喚EX》

これはアニメやゲームで得た知識なんだが、ギャラルホルンというのは北欧神話に出てくるアイテムで、終末を告げる笛と言われている。

そのあたりを考えると『神聖なるギャラルホルン』というのは、なかなかに物騒なネーミングだ。

これを吹いたら世界が終わるとか、そんなオチはないよな？


神聖なるギャラルホルンは《スピリットウォーリアー召喚EX》以外の効果を持ちません。

どうかご安心ください。


おっと。

【フルアシスト】ってこんな冗談みたいな質問にもきちんと答えてくれるんだな。

まるでスマートフォンの音声アシスタントだ。

異世界に来た当初の【フルアシスト】はもっと機械的で、ゲームのシステムメッセージのような雰囲気だった。そのころに比べると、発言や提案のバリエーションも豊かになったものだ。

もしかしたら【フルアシスト】も成長しているのかもしれないな。

さて、話が横道に逸《そ》れてしまったので、そろそろ本題に戻るとしよう。

神聖なるギャラルホルンについてだ。

付与効果は《スピリットウォーリアー召喚ＥＸ》、神聖なるギャラルホルンを吹き鳴らすことによって不死身の戦士を召喚できる。

戦士たちはアンデッドに分類されるようだが、邪悪な存在ではなく、むしろ神聖な力に満ちている。そのため浄化魔法は効かないようだ。

アンデッドにとって最大の弱点を克服しているわけなので、味方として考えるなら随分と心強い。

召喚数の上限としては「俺のレベル×一〇」という計算式になっているらしく、現在はレベル１０９なので一〇九〇体まで使役できる。かなり多いな……。

次に魔物と遭遇したら、召喚して戦ってもらうとしよう。

俺がそんなふうに結論づけた矢先――

「描けた！　描けましたわ！」

少し離れたところからレティシアの声がした。

朝食の後、彼女はダイニングの椅子に腰掛けると、どこからともなく鉛筆とスケッチブックを取り出し、一心不乱に絵を描き始めた。

それから一時間ほど経過しているが、さっきの発言からすると、ついに絵が完成したらしい。

レティシアはスケッチブックを手にしたまま椅子から立ち上がった。

ふふん、と得意げな表情を浮かべ、俺たちのところにやってくる。

「皆様、よろしければご覧くださいまし。久しぶりに自信作が描きあがりましたの」

レティシアはスケッチブックを広げると、テーブルの上に置いた。

スケッチブックに描かれていたのは、リビングで思い思いにくつろぐ俺たちの姿だった。

絵の中のスララは窓枠に張り付いて外を眺め、アイリスとリリィは向かい合わせで観光ガイドブックを覗き込んでいる。俺はというと、ソファに身を沈めて天井を眺めていた。おそらく、脳内で【創造】を行っているときの姿だろう。

人や物の輪郭はきっちりと細部まで描き込まれ、色彩はすべて鉛筆の濃淡だけで表現されている。まるで白黒の写真のようだ。その一方で手描きならではの温かみも込められており、スケッチブックに描かれた俺たちは今にも動き出しそうな質感を漂わせている。

「……すごいな」

俺は思わず賞賛の言葉を口にしていた。

「絵、上手なんだな」

「ふふっ。お褒《ほ》めにあずかり光栄ですわ。ポイントはコウ様の横顔ですわね。クールで涼しげな雰囲気をうまく表現できたと自負しておりますの」

「確かにレティシアの言うとおりね」

アイリスが納得顔で呟く。

「この余裕たっぷりな感じ、まさにコウって感じがするわ」

そうなのか……？

自分の表情なんて普段はあまり見ないから、どうにも実感が湧かない。

俺は首を傾げならリリィのほうを見る。

どうやらアイリスの言葉に同意しているらしく、コクコクと何度も頷いていた。

「レティシアおねえさんは【絵画】スキル持ちなの？」

スララがそう問いかけると、レティシアは首を縦に振った。

「ええ。【絵画】に加えて、災厄としての力も使っておりますわ」

それは災厄の無駄遣いだ……とは言うまい。

本来なら破壊活動に使われるはずの力を平和的に利用しているわけだし、個人的には素晴らしいことに思える。

俺がひとり頷いていると、天井の魔導スピーカーからデストの声が聞こえた。

「マスター！　海デス！」

「わあっ！　すごいよ、きらきらしてるよ！」

真っ先に声をあげたのはスララだった。

窓を開けて外に眼を向けると、少し離れたところに砂浜があり、その向こうに海が広がっている。

吹き込んでくる風からも潮の匂いがした。

もうすぐフォートポートだ。

第三話　フォートポートに到着してみた。

遠くからカモメの鳴き声が「キイ、キイ」と聞こえてくる。

空には太陽が燦々《さんさん》と輝き、エメラルドグリーンの海をキラキラと照らしていた。

「すごいな……」

俺は外を眺めながら、感嘆のため息をつく。

海に来るなんて、何年ぶりのことだろう。

海は水平線の向こうまで、どこまでも、どこまでも広がっている。
・・・・・・・・・・視界を遮るものは何ひとつ存在しない。
「……ん？」

ちょっと待て。

俺たちは今、フォートポートに向かっている。

観光ガイドによるとにぎやかな港町らしく、いつも多くの客船や漁船などが近くの海を行き来しているそうだ。

だが、いま、海には一隻の船も見当たらない。

これはおかしいんじゃないか？

俺が疑問を感じた矢先——

「微弱ナ地震ヲ感知シマシタ！　安全ノタメ停車シマス！」

天井の魔導スピーカーから、デストの声が響いた。

グランド・キャビンの速度が少しずつ落ちていき、やがて完全に停車した。

ほどなくして、本格的な揺れが訪れる。

ただ、震度としてはさほど大きなものではない。

キッチンの食器が「カタタタッ、カタタタッ」と軽く音を立てているくらいだ。

このくらいの揺れならば津波の心配はなさそうだ。

俺がそんなふうに今後の動きについて考えていると、レティシアがポツリと呟《つぶや》いた。

「最近、地震が多いですわね」

「そうなのか？」

「わたくしの記憶が確かなら、三日に一度くらいは揺れているかと。……災厄の気配はしませんけれど、少し、不吉ですわね」


地震は一度きりで収まったため、グランド・キャビンは再び動き始めた。

やがて城壁に囲まれた港町……フォートポートが見えてくる。

それから十分ほどでグランド・キャビンは城門の近くに到着した。

「到着シマシタ！　長旅、オ疲レサマデシタ！」

天井の魔導スピーカーからデストの声が聞こえる。

俺たちはソファから立ち上がると、グランド・キャビンの外に出た。

「あっというまだったわね……」

俺の左隣でアイリスが感慨深そうに呟く。

「スリエからフォートポートまでの直行路って、普通の馬車なら三日はかかる距離なのよ」

「デストが頑張ってくれたおかげだな」

俺はそう答えて、グランド・キャビンの前方に向かう。

そこにはデストが、ピン、と背筋を伸ばして立っている。

「今回もありがとうな。ゆっくり休んでくれ」

「イエイエ！　オ役ニ立テテ光栄デス！」

そんな会話を交わした後、俺は【アイテムボックス】への収納を念じる。

地面に大きな魔法陣が浮かび、デストとグランド・キャビンはその中へと吸い込まれる。

それから城門に向かうと、すぐ近くに立っている衛兵は茫然《ぼうぜん》とした表情を浮かべていた。

「街に入りたいんだけど、いいか？」

「えっ？　あっ、はい！」

衛兵はハッと我に返ると、俺のほうを向いた。

「ええと、コウ・コウサカ様ですよね」

「ああ。そのとおりだ」

俺たちが今日の昼前にフォートポートに到着することはスカーレット商会を通じて事前に連絡を入れている。それもあってか、衛兵は俺がコウ・コウサカだとすぐに分かったようだ。

「コウ様が容量無制限の【アイテムボックス】を持つという話は聞いていましたが、まさか、あんな大きなものを一瞬で収納できるとは……。驚きました……」

そう言って衛兵は感嘆のため息をつく。

「ところでコウ様、長旅でお疲れとは思いますが、まずは冒険者ギルドにお越しいただけませんでしょうか。実は、街で大変な事件が起こっておりまして……」

「何があったんだ？」

「説明する前に、まずは港を見ていただいたほうが早いかもしれません。こちらへどうぞ。ご案内いたします」


俺たちは衛兵に連れられて、城門の中へと足を踏み入れた。

フォートポートの街はやけに騒がしく、落ち着きを欠いているように感じられた。

この雰囲気は、以前にも経験がある。

大氾濫《スタンピード》が起こる直前のオーネンとそっくりだった。

「マスターさん」

スララが緊張の面持ちで口を開く。

「ぼく、なんだか、悪い予感がするよ」

「私も、そんな気がします」

リリィも硬い表情を浮かべながら頷《うなず》いた。

「災厄か、それに匹敵するほどの危機が迫っているのかもしれません」

「どこもかしこもトラブルだらけだな」

俺としては、そうコメントせずにいられない。

トゥーエではデビルトレントが出現し、スリエでは暴食竜が復活した。

今回はいったい何が起こっているのだろう。

やがて俺たちは船着き場に辿《たど》り着いたが、そこには驚愕《きょうがく》の光景が広がっていた。

沿岸部の建物は、どれもこれも、めちゃくちゃに破壊されていた。

あちこちが黒く焼け焦げ、見るも無残な廃墟《はいきょ》と化している。

被害は、建物だけではない。

港に停泊していたであろう船も一隻残らず破壊され、海にはその残骸が浮かんでいる。

見ているだけで胸が痛くなるような光景だ。

「ひどい……」

アイリスが痛ましげな表情で呟く。

「でも、魔物に襲われた、って感じではなさそうね……」

「——海賊です。海賊にやられたんです」

そう答えたのは、俺たちをここまで案内してきた衛兵だった。

声色には悔しさが滲《にじ》んでいる。

衛兵の説明によれば、今日の明け方、海賊の襲撃があったという。

海賊の船は一隻のみだったが、古代兵器と思《おぼ》しき巨大な戦艦であり、艦首に搭載された大砲によってフォートポートの港は徹底的に破壊された。

そのあと街に使者を送り、金と食料、そして若い女性を要求してきたという。

「要求に応じない場合、あるいは街から一人でも逃げ出した場合は攻撃を再開し、フォートポートを住民ごと焼き払う。海賊側の使者はそう言っているそうです」

「……とんでもない連中だな」

古代兵器というのは例外なく大きな力を持つが、結局のところ、重要なのはその使い方だ。悪人の手に渡ってしまえば、私利私欲のために多くの人々が傷つくことになる。

「……許せませんわ」

それまで沈黙を保っていたレティシアが、ポツリ、と呟いた。

横顔は固く引き締まり、深青色の瞳の奥では、義憤の炎が燃え盛っている。

「強き者が、欲望のままに弱き者を踏み躙《にじ》る。そんな悪を見過ごすわけにはまいりません。海賊どもには正義の鉄拳をぶちかます必要がありますわね」

「……ああ、そうだな」

俺はレティシアの言葉に頷いた。

海賊たちのやっていることは横暴そのものだし、街を見捨てるのは後味が悪すぎる。

俺としてはフォートポートを守るために手を貸したいところだ。

アイリス、リリィ、スララも同じ意見らしく、こちらを見ながら強く頷いた。

みんな善良というか、お人好《ひとよ》しだな。

まあ、俺も他人のことは言えないか。

ひとり苦笑しながら、衛兵に告げる。

「状況は理解した、俺たちも街のために手を貸すよ。よろしく頼む」

「ありがとうございます……！　心強いです……！」

「まずは海賊たちの情報が欲しい。どこに行けばいい？　冒険者ギルドか？」

「はい。ちょうど今からご案内するつもりでした。それでは参りましょう」

そうして俺たちは衛兵に先導される形で港を離れた。

街の中心部に向けて十五分ほど歩くと、三階建ての大きな建物が見えてきた。

冒険者ギルドだ。

「どうぞ、お入りください」

衛兵が扉を開けてくれる。

まるでＶＩＰみたいな扱いだな……。

俺は少し戸惑いつつ、衛兵にペコリと頭を下げてから冒険者ギルドの中へと足を踏み入れる。

ロビーには大勢の冒険者たちがたむろしていた。

ここが港町ということもあってか、開放的な服装の者が多い。

たとえば男性冒険者のうち半分くらいは色黒の肌や鍛え上げられた二の腕、たくましい大胸筋を強くアピールするような格好だし、女性冒険者も総じて露出が多い。胸元や太腿《ふともも》を惜しげもなく晒《さら》している。

普段なら、冒険者たちはロビーで武勇伝などを陽気に語らっているのだろう。

だが今は海賊の脅威が迫っているためか、誰も彼もが重苦しい空気を漂わせている。

……なんだか、視線を感じるな。

「あの黒いコートのヤツ、誰だ？」

「黒眼《め》で黒髪、しかも竜人族の女を連れてるってことは……《竜殺し》のコウ・コウサカか？」

「間違いねえ、アイツの姿はオーネンで見たことがあるぜ」

どうやら俺のことを知っている人間もそれなりに多いらしい。

「なあ、《竜殺し》ってめちゃくちゃ強いんだよな」

「ああ。トゥーエじゃデビルトレントを、スリエでも巨大なバケモノを倒したらしいぞ」

「もしも《竜殺し》が力を貸してくれるんだったら、こんなに心強いことはねえ。オレたち、あの海賊どもに勝てるかもな……！」

ロビーにいる冒険者たちの顔つきが、だんだんと明るいものに変わっていく。

「すごいわね、コウ」

左横で、アイリスがクスッと小さく微笑《ほほえ》んだ。

「あなたが来ただけで、冒険者ギルドの空気が変わったわ」

「俺はまだ何もしてないんだけどな……」

周囲の冒険者たちは口々に俺のことを噂《うわさ》し、期待と羨望《せんぼう》の眼差《まなざ》しを向けてくる。

……さすがにこれは過大評価じゃないだろうか。

俺が困惑していると、レティシアが右から声をかけてくる。

「コウ様、もしかして照れていらっしゃいますの？」

「……まあ、な」

「ふふっ、かの有名な《竜殺し》にも可愛《かわい》いところがありますのね」

レティシアは口元を押さえながらクスクスと笑う。

それから、すぐ後ろを歩いていたリリィとスララに声をかけた。

「お二人もそう思いませんこと？」

「えっと……。はい。コウさんって、意外に照れ屋だと思います」

「ぼく、知ってるよ！　マスターさん、恥ずかしがってるときは目を逸《そ》らして、口を曲げるんだよ！　……むむーん」

スララは左のほうに視線を向けると、口を「へ」の字に曲げた。

確かに、俺は照れているときにそんな表情をする。

スララ、よく観察してるじゃないか。


そのあと、俺たちの案内役は衛兵から冒険者ギルドの若い男性職員にバトンタッチとなった。

「――ではコウ様、自分はこれで失礼します」

衛兵は俺に向かってピシッと敬礼をすると、回れ右をしてその場を立ち去っていく。

俺たちは男性職員に連れられ、三階にある支部長室へ向かうことになった。

男性職員の話によると、現在、冒険者ギルドに海賊側の使者が来ているらしい。

海賊側の使者は一名であり、要求として街じゅうの金品と食料、さらに若い女性を差し出すように伝えると、二階の職員食堂を占拠して好き放題に飲み食いしながら回答を待っているという。

「……いい身分だな」

俺がそう呟くと、右を歩くレティシアが憤懣《ふんまん》やるかたない、といった表情で声をあげた。

「盗人猛々《ぬすっとたけだけ》しいとはこのことですわね！　わたくし、いますぐとっちめてやりますわ！」

「……それは難しいかもしれません」

男性職員が困り果てたように呟く。

「海賊側の使者はこう言っています。——もしも自分に手出しをすれば、通信用の魔導具で本隊に連絡を入れる。すぐに総攻撃が始まるだろう、と」

「なかなか厄介だな……」

俺がそう答えたときのことだった。

『や、やめてください……！』

若い女性の声が聞こえたような気がした。

俺はその場で立ち止まり、アーマード・ベア・アーマーの《聴覚強化Ａ》を発動させる。

『さ、触らないでください……！』

『おいおい、職員さん。オレに逆らっていいと思ってるのか？』

女性の声に続いて、男性の脅すような声が聞こえてくる。

『オレが本隊に連絡を入れたら、こんな街なんて一瞬で消えちまうんだぞ？』

『そ、それは……』

『分かったら、ほら、言うとおりにしろ』

状況から推測するに、女性は冒険者ギルドの職員、男性は海賊側の使者だろう。

海賊側の使者がその立場を笠《かさ》に着て、職員の女性に手を出そうとしている……といったところか。

見て見ぬフリは、できないな。

「コウ、どうしたの？」

前を歩くアイリスがこちらを振り返って声をかけてくる。

「支部長さんのところに行かないの？」

「ちょっと待ってくれ。少し、用事ができた」

俺はいま、二本の廊下が十字に交差する地点に立っている。

支部長室はまっすぐ進んだ先だが、さっきの声は右のほうから聞こえてきた。

『へへっ、オレの気分を損ねたら大変なことになるからな。せいぜい楽しませてくれよ』

『うう……。誰か、助けて……』

よし、場所の特定はできた。

俺は廊下を右に進み、すぐ近くにあるドアの前に立った。

その横にレティシアが並ぶ。

「あら、コウ様も聞こえましまして」

「レティシアもか？」

「ええ。わたくし、助けを求める声だけは聞き逃したことがありませんの」

「まるで物語の主人公だな」

「ふふっ、ありがとうございます。コウ様のような英雄からそう仰《おっしゃ》っていただけるのは光栄ですわ」

「いくぞ」

俺はレティシアと軽口を交わしつつ、ドアノブに手をかける。

「ええ、よくってよ」

互いに視線を交わしたあと、俺はドアを開け放つ。

そこは物置になっており、奥の壁際では、金髪の男がギルド職員の女性に迫っていた。

いわゆる壁ドンの態勢になっているが、甘い気配はまったく存在しない。

「た、助けてください！」

女性職員がこちらを見て叫んだ。

「誰だっ！　邪魔するんじゃねえ！　って、テメエ、どうしてここに――――！」

金髪の男はこちらを振り向くと、なぜか驚愕の表情を浮かべた。

前にどこかで会っただろうか？

【鑑定】してみたところ、男の名前はジードというらしいが、どうにも覚えがない。

まあいい。

今はとにかく女性を助けよう。

俺はフェンリルコートに付与された《神速の加護ＥＸ》を発動させる。

一瞬のうちに金髪の男……ジードへと肉薄すると、右手を伸ばし、その首元を掴《つか》んだ。

せっかくなので新しいアイテムを試してみよう。

バスタード・ガントレットの付与効果、《白蠍《しろさそり》の雷撃ＥＸ》だ。

右腕の籠手《こて》から青白い稲妻が迸《ほとばし》った。

「ぐがっ！　がががががががっ！」

ジードは白目を剥《む》き、全身をビクビクと震わせる。

脳内で【フルアシスト】が「雷撃の威力を自動で調節します。非殺傷・制圧モードでよろしいですか？」と問いかけてくる。

答えはもちろん「はい」だ。

この男を死なせてしまったら、海賊の情報を引き出せなくなるからな。

雷撃の放出が終わるとジードはすっかり意識を失っていた。

その身体を床に横たえると、俺は職員の女性に声をかけた。

「大丈夫か？」

「は、はい！　助けてくださって、ありがとうございました……！」

女性は衣服の乱れを直しながら、何度も何度も頭を下げてくる。

取り返しのつかない事態が起こる前に止めることができて、本当によかった。

俺が安堵《あんど》のため息をついていると、レティシアが悠然とした足取りでこちらにやってくる。

「さすがコウ様ですわね。……わたくし、出番がなくてガッカリですわ」

「まあ、相手が相手だからな」

デビルトレントのような大物ならともかく、無防備な小悪党のひとりやふたり、俺だけでも十分に制圧できる。

「また別の機会に力を貸してくれ」

「ええ、もちろんですわ。……けれど、今はこのやり場のないやる気をどうにかしないことには、わたくし、今夜は眠れそうにありませんわ。荒ぶる災厄になってしまいますわ」

「それは困るな」

俺たちがそんな話をしていると、少し遅れてアイリスがやってくる。

「コウ、大丈夫？　なんだか叫び声が聞こえたけど……？」

「問題ない。海賊側の使者がよからぬことを女性職員にやらかそうとしていたから、ちょっと眠ってもらっただけだ」

「……なるほどね」

アイリスは気絶しているジードをチラリと見たあと、納得したように頷いた。

「それで、このあとはどうするの？」

「ギルドの支部長に報告するべきだろうな。現場を見てもらったほうがいいだろうし、呼んできてくれないか？」

「分かったわ。ちょっと待ってて」

アイリスは頷くと、小走りに部屋を出ていく。

さて、と。

支部長にどう説明するか、今のうちに考えをまとめておくか。

第四話　海賊の情報を聞き出してみた。

ほどなくして、冒険者ギルドの支部長がやってきた。

名前はジェス・ホワイトといい、細身で長身の中年男性だった。

銀縁眼鏡をかけており、いかにも「やり手」といった雰囲気を漂わせている。

ジェス支部長は女性職員から事の経緯を聞くと、俺のほうを向いて深々と頭を下げた。

「コウ・コウサカさん。このたびは我が支部の大切な職員を守ってくださり、本当にありがとうございます。心からの感謝を申し上げます」

これで海賊との交渉は決裂したようなものだが、ジェス支部長からお咎《とが》めの言葉はなかった。

むしろ喜んでいるような雰囲気さえ感じられる。

「ワタシはこの支部の職員たちのことを自分の子供のように思っています。子供を助けてもらったというのに、恩人であるコウさんを怒鳴りつけるなんて、そんな無礼なことはできません。……それに、海賊との交渉はいずれ打ち切るつもりでした」

「どういうことだ？」

「海賊たちの船は古代兵器だけあって恐るべき力を秘めています。フォートポート支部の冒険者が一丸になって抵抗したところで、街ごと焼き払われるだけでしょう。ですが、《竜殺し》のコウさんがいらっしゃるならば話は別です。今日の昼前にはこの街に到着するという話を衛兵から聞いていましたので、交渉に応じるフリをしながらコウさんの到着をお待ちしておりました」

なるほどな。

ジェス支部長は海賊の要求に応じるつもりはなく、街の人々を守るために時間を稼いでいたのか。

さっき助けた女性職員が、ぎこちない笑みを浮かべながら言う。

「コウさんが来てくだされば何とかなる。……そう信じていました」

「貴方《あなた》のこれまでの活躍はすべて存じ上げています。その力でもって、どうか海賊たちを追い払い、フォートポートを救ってはいただけないでしょうか？」

ジェス支部長はそう言って深く頭を下げた。

「……分かった」

俺は頷《うなず》く。

まるで救世主のように扱われるのは抵抗もあるが、今まで必死に時間稼ぎをしていたジェス支部長やギルドの職員たちの気持ちには応えたい。

「詳しい話を聞かせてくれ」


それから俺たちは場所を支部長室に移し、海賊についての情報を教えてもらうことにした。

向かい合わせの大きなソファに全員が腰を下ろすと、ジェス支部長が話し始める。

「これは使者の男――ジードが言っていたことなのですが、海賊たちはもともと傭兵《ようへい》ギルドに所属していたようです」

「傭兵ギルドだって？」

これはまた、随分と懐かしい名前だな。

以前にオーネンで大氾濫《スタンピード》が起こったとき、傭兵ギルドの連中は街の防衛を放り出してどこかに逃げてしまった。しかもすべてが終わったあと、住民不在のオーネンで火事場泥棒を働こうとしてデストロイゴーレムに追い払われている。

この結果、オーネンの傭兵ギルドに所属していた連中は犯罪者としてお尋ね者になっているのだが、そいつらが海賊へと身を落としたのだろうか。

俺が自分の推測についてジェス支部長について話すと、「どうやらそのようです」という答えが返ってきた。

「陸での行き場をなくした者が海賊になる、というのは決して珍しいことではありません。ひとつ付け加えるなら、トゥーエの傭兵たちも海賊に合流しているようです」

ジェス支部長によれば、この周辺で傭兵ギルドの支部があったのはオーネンとトゥーエの二つだけで、デビルトレントが出現した際、トゥーエの傭兵たちは街から姿を消し、それっきり行方不明になっているそうだ。

傭兵って、無責任のロクデナシが多すぎじゃないか？

俺は呆《あき》れつつ、海賊の規模についてジェス支部長に訊《たず》ねる。

フォートポートに攻撃してきた船は一隻だけらしいが、それが全戦力とは限らない。

そもそも古代兵器の戦艦をどうやって手に入れたんだ？

俺としては疑問に感じるところだが、残念ながら、海賊の保有する戦力については冒険者ギルドも把握しきれていないようだ。

「申し訳ありません。砲撃された船着き場の消火作業に人手を取られておりまして……」

まあ、これればかりは仕方ない。

なにせ今日の早朝にいきなり砲撃されたわけだからな。

海賊の詳しい情報については、さっき気絶させた使者の男から聞き出せばいいだろう。

俺は支部長室の隅に視線を向ける。

そこには大きな観葉植物があり、すぐ近くには手足をロープでグルグル巻きにされた海賊の男が寝転がされている。

名前は何だったかな。

たしか、ドジっぽい感じだったと思うんだが……。


ジードです。


そうそう、それそれ。

【フルアシスト】って、ド忘れもサポートしてくれるんだな。

もし俺が七〇歳や八〇歳になったとしても、物忘れに困らされることはなさそうだ。

それはさておき――

バスタード・ガントレットの《白蠍《しろさそり》の雷撃ＥＸ》は相手を気絶させるだけでなく、電気ショックによって目を覚まさせることも可能だ。

これでジードを叩《たた》き起こして、尋問を始めよう。

俺がソファから腰を上げようとしたところで、レティシアが言った。

「コウ様、お待ちくださいませ」

「どうした？」

「あの男から情報を引き出すのでしたら、わたくしにいい考えがありますわ」

レティシアはそう言ってソファから立ち上がると、優雅な足取りで部屋の隅へと向かった。

左手を伸ばしてジードの額に触れると、厳かな様子で告げる。

「――わたくしの名において命じますわ。以後、コウ様の言葉に従いなさい」

ジードの身体が、ビクンッ、と大きく跳ねた。

なるほどな。

言うまでもないことだが、レティシアは災厄であり、特殊な力をいくつか持っている。

そのうちの一つが【支配】、己の因子を浸透させることによってヒトやモノを操り人形にできる。

レティシアはそれをジードに対して使ったのだ。

「それではコウ様、あとはよろしくお願いいたします」

「分かった。任せてくれ」

俺はソファを離れると、スカートの裾をつまんで恭しく頭を下げるレティシアの横を通り過ぎ、ジードのところへ近づいていく。

まずは起きてもらおうか。

ジードの首元を掴《つか》んで、《白蠍の雷撃ＥＸ》を発動させる。

「あがっ！　あがががががっ！」

右腕の籠手《こて》から稲妻が迸《ほとばし》り、ジードがそのショックで目を覚ます。

「んん……？　な、なんだこりゃ、どうなってやがる！」

ジードは四肢をロープで縛られていることに気づくと、身をよじって拘束から逃れようとした。

その動きは水揚げされたばかりの魚のようだ。

ビタンビタンと床の上を跳ね回るうち、右足の脛《すね》が部屋の隅にある植木鉢に勢いよくぶつかった。

「痛《いて》えっ！」

ジードは苦悶《くもん》の表情を浮かべて叫ぶ。

不意打ちで脛をぶつけたのだから、その痛みはかなりのものだろう。

想像するだけで背筋がゾワッとする。

「くそっ、なんでこんなところに植木鉢が……って、うわあああああっ！」

植木鉢には大きめの観葉植物が植えられていたが、激突の衝撃によってバランスを崩し、ジードのほうへと倒れていく。

「ぐえっ……」

ジードは、そのまま観葉植物の下敷きになった。

まるでコントのような光景だ。

ドジのジード、というフレーズが頭をよぎる。

「……大丈夫か？」

俺が声をかけると、ジードはこちらをキッと睨《にら》みつけてきた。

「うるせえ！　オレは海賊の使者だぞ。こんなことをしてタダで済むと思ってんのか……って、テメエ、コウ・コウサカじゃねえか！　あのときの恨み、オレは忘れてねえぞ！」

あのときの恨み？　いったい何のことだ？

まったく心当たりがないんだけどな……と首を傾《かし》げていると、ジードがさらに言葉を続ける。

「テメエがクロムのジジイを助けなければ、オレたちが護衛のクエストを放り出したことがバレずに済んだんだ。くそっ、思い出したらイライラしてきたぜ」

ああ、そういうことか。

今の発言で、ようやく理解できた。

異世界に来たばかりのころ、俺はアーマード・ベアに襲われている商人のクロムさんを助けている。クロムさんはもともと三人の傭兵に護衛を頼んでいたが、彼らはアーマード・ベアを見るなり逃げてしまった。

あのときの傭兵の一人が、いま、俺の目の前にいる海賊の男……ジードなのだろう。

そう考えてみれば、顔もどこか見覚えがある。

「どうやら思い出したみたいだな」

ジードがニヤリと口の端を歪《ゆが》める。

「せっかくだから教えてやるが、オレたちのリーダーは元Bランク傭兵のドクスだ。覚えてるか？　覚えてるよな？」

「……まあ、な」

さっきまで完全に忘れていたので記憶があやふやだが、たしか、そんな名前の傭兵がいたような気もする。オーネンの住民からは『クズのドクス』と呼ばれていたはずだ。

「テメエがフォートポートにいると知ったら、ドクスのやつ、交渉なんか放り出して攻撃を始めるだろうよ。ヒャハハハハハ！　この街はテメエのせいで滅びるんだ、せいぜい後悔しな！」

「そんなこと、させるわけがないだろう」

俺は強い口調で言い切った。

「海賊は全滅させる。おまえの知っていることを、すべて話せ」

「あん？　脅したって無駄だぜ。誰がテメエの命令なんかに従うものかよ――はい、分かりました。

コウさまの命令に従います。オレの知るすべてをお教えするので、ぜひお聞きください——くそっ、どうなってんだ！　口が勝手に動きやがる！」

それはおそらくレティシアの【支配】の影響だろう。

使者という立場を悪用して周囲を言いなりにさせていた男が、いまは【支配】の力によって他人の言いなりになっている。

なんというか……まさに因果応報だな。

ともあれ、これなら情報を引き出すのも簡単そうだ。

ジードから得られた情報はとても有益なものばかりだった。

そのなかでも重要なものは、次の三つだろう。

一つ目、海賊たちの保有する古代文明の船は全部で五隻あるらしい。

ただし、人が乗っているのはそのうちの一隻のみであり、残りの四隻は自動化された無人艦のようだ。

「それにしても不思議ね」

アイリスは口元に右手を当て、考え込むような表情を浮かべながら言った。

「海賊たちは古代文明の船に乗っている、って話だけど、どこで動かし方を学んだのかしら。今の船とは仕組みがまったく違うはずよね」

「アイリスおねえさん！　古代の船はとっても優秀なんだよ！」

スララが、ちょっと誇らしげな様子で告げる。

「動かし方を半日くらいで頭に入れてくれる学習装置があるし、補助のための人工知能も搭載されているんだ！　その気になれば、三歳の子でも船長になれるよ！」

「随分と便利ですわね。さすが古代文明というべきかしら」

レティシアが、ふふ、と小さく微笑《ほほえ》みながら言う。

「ですが、今回はその便利さが裏目に出た形ですわね」

「ああ、そうだな」

俺は頷きながら言葉を続ける。

「誰にでも扱えるんだから、当然、悪人の手に渡れば大変なことになる。今回はその典型例だな」

「道具は使い方次第、ということですね……」

まさにリリィの言うとおりだ。

船を手に入れたのが海賊でなければ、もっとマシな展開になっていただろう。


二つ目の情報は、海賊の別動隊が西の街道に待ち構えている、ということだった。

「なんと……」

ジェス支部長が驚きの声をあげる。

「海賊たちも用意周到ですね。まさか、陸地にも戦力を伏せていたとは……」

もしも交渉が決裂し、海賊たちの船がフォートポートに攻撃を開始したならば、街の人々は財産を抱えて逃げ出すことになる。

そんな人々を捕まえて身ぐるみを剥《は》ぐため、海賊たちは西の街道に別動隊を向かわせたようだ。

「あれれ？」

スララが不思議そうに声をあげる。

「ぼくたち、街道を通ってスリエからフォートポートに来たよね。でも、海賊なんて見なかったよ」

「俺たちが使ったのは直進ルート、つまり東の街道だからな」

スリエからフォートポートに向かう街道は二つ存在する。

東の直進ルートと、西の迂回《うかい》ルートだ。

東の街道は近道ではあるものの、アップダウンの激しい丘陵地帯や山道、深い森などを突っ切る形になっており、しかも、高危険度の魔物に遭遇する可能性が高い。

一方、西の街道は遠回りだが平坦《へいたん》な道が続き、安全も確保されている。

「もしもフォートポートの人たちが街から逃げ出すなら、西の街道を通ってスリエに向かうわよね」

「ああ。普通に考えれば、誰だって安全なほうを選ぶはずだ」

だからこそ、海賊たちは西の街道に別動隊を配置したんだろう。


三つ目の情報は、海賊たちの規模だ。

ジードの話によれば海賊団は二〇〇人を超える大所帯であり、本隊として船に乗り込んでいるのが一二〇人程度らしい。

「……つまり、別動隊は八十人ほど、ということになりますね」

リリィは頭の中で計算を済ませたらしく、すぐにそう答えた。

「本隊が一二〇人、別動隊が八〇人……どちらも無視できるような人数ではありませんわね」

レティシアの言葉に俺は頷く。

「今後のためにも、ここで海賊団を徹底的に潰《つぶ》しておいたほうがいいだろうな」

「そのとおりですわね。一人でも取り逃がせば、それが新たなトラブルの種になるかもしれません。全員まとめて捕まえてしまいたいところですわ」

さて、どうしたものかな。

相手の人数を考えれば、俺たちのパーティだけじゃ手が足りなそうだ。

フォートポートの冒険者たちにも協力してもらうとして……待てよ。

今朝【創造】したばかりのアイテムが役に立つかもしれない。

——神聖なるギャラルホルン。

付与効果は《スピリットウォーリアー召喚EX》、このホルンを吹き鳴らすことによって神聖な力を帯びたアンデッドたちを召喚できる。

……うん、かなり使えそうだな。


作戦立案のお手伝いは必要でしょうか。

その声はいつもどおり無機質なものだったが、口調はどこか人格めいたものを感じさせた。

もしや【フルアシスト】というのは長く使うことによって成長するスキルなのだろうか。

ともあれ、手伝ってくれるならありがたい。

俺一人で考えたら、見落としがあるかもしれないからな。

海賊の別動隊だが、スピリットウォーリアーたちに対応を任せるのはどうだろう？

現状の選択肢の中では最適解と考えられます。

ただし、コウ・コウサカ、あるいはパーティの中から最低一名はスピリットウォーリアーの軍勢に同行させるべきでしょう。

まあ、確かにそうだよな。

戦いの場では何が起こるか分からないし、誰か一人は指揮官を置いたほうがいい。

適任なのはアイリスかレティシアだろうか。

同行者の選定については情報が不足しています。

実際にスピリットウォーリアーを召喚してから決定するのはいかがでしょうか？

分かった、そうしよう。

スピリットウォーリアーというのは神聖な存在らしいので、もしかすると、戦神教の神官であるリリィに指揮を任せたほうがうまくいくかもしれない。

あるいは、スララとか？

まあ、このあたりは現地で決めればいいだろう。

他の懸案事項としては……海賊の本隊を叩き潰すにしても、相手は海上にいるわけだから、移動手段が必要だよな。

とはいえ、フォートポートの船は海賊たちによってすべて破壊されている。

新しい船を【創造】できないだろうか？


現在【アイテムボックス】に収納されているアイテムでは船の【創造】は不可能です。


やっぱりな。

その結論は俺も予想していた。

もし新しい船を作れるなら、とっくにレシピが頭に浮かんでいるはずだからな。

だが、【アイテムボックス】外のものを使うならどうだろうか？

現在、俺は【創造】の素材として「手に触れたもの」を含めることが可能になっている。

たとえば以前、地震で崩落したザード大橋を【創造】で新たに作り直したときは、手持ちのアイテムだけでなく、橋の残った部分も素材にしている。

今回であれば、船の残骸などを再利用できないだろうか？


該当するレシピが一件、存在します。

よし。

予想どおりの結果が返ってくると、気分が良くなるな。

その後もいくつか相談を続けるうちに、海賊討伐の作戦はだんだんと形になってきた。

あとは実行に移すだけだ。

俺は深呼吸して気合を入れ直すと、海賊側の使者……ジードに向かって言う。

「色々と教えてくれて助かったよ。最後にもうひとつ、頼みを聞いてもらおうか」

「ハッ、お断りだぜ。誰がテメエの言うことなんて……コウ様の仰《おっしゃ》ることでしたら、喜んで何でも致します。このイヌに遠慮なくご命令ください、ワンワン」

うーん。

いくら【支配】の効果とはいえ、ジードみたいな金髪のやさぐれた男がイヌの鳴きマネをしても、あんまり可愛《かわい》くないな……。

「わんわん！　ものまねなら、ぼくのほうが上手だよ！　わんわん！　えへん！」

スララのほうを見ると、まるい身体をウニウニと変形させ、頭のところに犬耳を、背中の下側に尻尾を生やしていた。尻尾はぶんぶんと左右に揺れている。

ジードの物真似に対抗心を燃やしているのだろうか。

なかなかに微笑ましい光景だ。

俺は緩みかけた頰《ほお》を引き締めると、ジードに声をかける。

「正直に答えてもらおうか。本隊と連絡するための魔導具はどこにある？」

「ズボンの右のポケットだ……です」

「……これか」

連絡用の魔導具は、折り畳み型の携帯電話のような形をしていた。

いわゆる〝ガラケー〟に似ている。

【鑑定】してみると、正式名称は『零式試作魔導通信機《れいしき》』というらしい。

無駄に格好いいな。

『零式』とか『試作』とか、そういうフレーズを目にすると胸がときめくのは俺だけだろうか。

ああ、いや、レティシアなら共感してくれそうだ。同じ病気《ちゅうにびょう》の患者だからな。

そんなことを考えつつ、俺はジードに告げる。

「通信機は俺が使わせてもらう。これで用事は終わりだ、ゆっくり休んでくれ」

「お、おう。じゃあ遠慮なく休ませてもらうぜ……って、がっ、ぐがががががっ！」

俺は《白蠍の雷撃ＥＸ》を発動させると、ジードの意識を奪った。

通信用の魔導具をフェンリルコートのポケットに入れ、アイリスたちのところに戻る。

「情報は出揃《でそろ》った。俺たちのほうから打って出るぞ」

「いよいよね。腕が鳴るわ」

「わたくしの出番ですわね！　悪はボッコボコにしてやりますわ！」

レティシアが腕まくりをして、グッと右の拳を握る。

「リリィおねえちゃん、がんばろうね！」

「……はい！」

「ワタシも支部長として全力を尽くします。できることがあれば何でもお申し付けください」

ジェス支部長はそう言うと、右手で眼鏡の中央をグイッと押し上げた。

眼鏡のレンズが光を反射して、キラン、と光る。

全員、やる気は十分のようだ。


ジェス支部長には冒険者たちへの呼びかけを頼み、俺たちはギルドの建物を出た。

行き先は海賊たちのいる海……ではなく、街の城門だ。

まずは西の街道にいる海賊の別動隊への対策を済ませてしまおう。

城門のところには、俺たちを冒険者ギルドまで案内してくれた衛兵の姿があった。

「コウ様、何かありましたか？」

「ああ、実は――」

別動隊のことを伝えると、衛兵は驚きの表情を浮かべた。

「なんと……！　では、まずは別動隊を討伐なさるのでしょうか？」

「いや、こっちも二手に分かれて対応するつもりだ」

俺はそう答えながら【アイテムボックス】を開き、神聖なるギャラルホルンを取り出す。

ホルンはかなり大きく、重さもそれに見合ったものだった。

中央部から先端部にかけて金色の旗がぶら下がっており、そこには剣、槍《やり》、弓を組み合わせた紋章が描かれている。

「コウさん。旗の紋章、私と同じです」

リリィの神官衣を見れば、右肩のところに剣、槍、弓の三つを組み合わせた紋章が描かれていた。

旗に描かれているものと完全に一致する。

「これって戦神教のシンボルマークだよな」

「はい。主神である戦神ウォーデン様を示す紋章です。……戦神教の伝承によれば、戦神様は神界の居城に勇ましき戦士たちの魂を集め、いずれ訪れる大いなる戦いに備えているそうです」

んん？　それ、どこかで聞いた覚えがあるぞ。

アニメやゲームで得た知識になってしまうが、北欧神話にも似たような話があったはずだ。

主神のオーディンはラグナロクに備えて、戦死者たちをヴァルハラに集めてるとかなんとか……。

この世界って、ところどころ北欧神話っぽいよな。

俺がそんなことを考えていると、リリィがさらに話を続ける。

「戦神様は自分の後継者が現れたとき、勇ましき戦士たちの軍勢を譲り渡す、とも言われています。……もしかしたらコウさんは、ただの【転移者】ではなく、戦神様の後継者なのかもしれません」

第五話　海賊退治の準備を整えてみた。

リリィは俺のことを「戦神様の後継者かもしれない」と言った。

それを聞いたレティシアが「創作意欲を刺激されるフレーズですわね……！」と呟《つぶや》く。

まあ、気持ちはちょっと分かる。

戦神の後継者ってフレーズ、いかにも中二病っぽくて格好いいよな。

それが真実かどうかはさておき、俺のやることはひとつだ。

神聖なるギャラルホルンを持ち上げる。

ホルンを吹くのは生まれて初めてだが、【器用の極意】がサポートしてくれた。

マウスピースの部分に口を近づけ、息をゆっくり吐きながら唇を震わせる。

すると、その振動に共鳴するようにしてホルンが高音を発した。

ホオオオオオオオオオオオオオオオォォォォォォォォォォオウウウウウウウウウウウ――――。

その響きは空の果てまでも届きそうなほど伸びやかなものであり、何かの始まりを告げるような壮大さと荘厳《そうごん》さを孕《はら》んでいた。

やがて、ひとつの変化が起こる。

剣、槍《やり》、弓の三つを組み合わせた戦神の紋章が、地面に浮かび上がった。

サイズはかなり大きく、直径二十メートルを超えている。

紋章が赤色に輝いた。

その周囲で、真紅《しんく》の粒子が渦を巻いて立ち上る。

すぐそばに立っていたリリィが、ゴクリと息を呑《の》んだ。

「ものすごい神気です……！」

同時に【フルアシスト】が無機質な声で語りかけてくる。

《スピリットウォーリアー召喚EX》の発動を確認しました。

召喚する戦士の数を指定してください。

コウ・コウサカはレベル109なので、最大値は一〇九〇名です。


もちろん戦力の出し惜しみはしない。

召喚するのは一〇九〇名、まるごと全員だ。

俺の意思に呼応するように、紋章がひときわ強い輝きを放つ。

あまりの眩《まばゆ》さに、俺は思わず瞼《まぶた》を閉じた。

やがて光が収まったあと、ゆっくりと眼《め》を開けてみれば、そこには銀色の輝きを纏《まと》った鎧《よろい》騎士たちの姿があった。

鎧騎士たちは無言のまま、俺に向かって跪《ひざまず》く。

これは【フルアシスト】が教えてくれたことだが、神聖なるギャラルホルンで召喚された魂には戦神の制約がかけられており、生きている人間とは言葉を交わすことができないらしい。

だが、鎧騎士たちが俺に対して揺るぎない忠誠心を向けていることは自然と理解できた。

「コウが規格外なのはいつものことだけど、今回は特にすごいわね……」

アイリスが感嘆のため息をつく。

「あれれ？」

ふと、スララが声をあげる。

「ぼく、あの鎧騎士さんたちのこと、知ってるよ」

「そうなのか？」

「うん。古代文明のころに見たことがあるよ！　ちょっと確かめてくるね！」

スララはそう言うと、ピョコピョコと地面を跳ねながら鎧騎士たちのほうへ向かっていく。

神聖なるギャラルホルンで召喚されるのは、勇ましき戦士の魂……要するに一度死んだ者たちだ。

だったら、古代文明が栄えていた四千年前の人間が出てくることも十分にありうる。

スララのほうを見れば、鎧騎士の一人と握手をしていた。

何やら楽しそうに話し込んでいる。

鎧騎士たちは現世の人間と言葉を交わせないはずだよな。

俺が首を傾《かし》げていると【フルアシスト】が起動して知識を補足してくれる。

どうやらスララは魔導生物なのでセーフらしい。

「……なぞなぞみたいな話だな」

俺はついつい苦笑する。

ともあれ、地下都市からスララを連れてきたのは大正解だった、ってことか。

過去の自分を褒《ほ》めてやりたくなるな。

ほどなくしてスララが戻ってきて、俺にこう告げる。

「あの鎧騎士さんたち、やっぱり、古代文明の人だったよ！」

「どんな話をしていたんだ？」

「えっとね、うんとね」

――スララの話によれば、騎士たちは災厄討伐のために集められた精鋭であり、当時は『黎明《れいめい》の騎士団』という名前の騎士団に所属していたらしい。彼らは今で言うところのオーネン近辺を拠点にしており、黒竜が出現したときには、すぐさま討伐に向かった。

「騎士さんたちはがんばって戦ったけど、最後は全滅しちゃったみたい。だからね、黒竜をやっつけたマスターさんのことは尊敬しているし、すっごく感謝しているんだって。『我々の仇《かたき》を討ってくださってありがとうございます。この恩は必ず返します。我々の力、存分にお使いください』って言ってたよ！」

「なるほどな……」

俺が頷《うなず》いていると、すぐ横でレティシアが納得したように呟いた。

「騎士たちがコウ様に従うのは、自分たちを召喚した主《あるじ》だから……という単純な話ではなく、自分たちにできなかった黒竜討伐を成し遂げた英雄だから、というわけですわね」

「……まあ、そういうことだろうな」

俺は少しぶっきらぼうな口調でそう答えた。

真正面から『英雄』なんて言われて、少し照れてしまったのだ。

「ふふっ」

こちらの気持ちを察してか、レティシアが小さく微笑《ほほえ》んだ。

海賊の本隊は俺が叩《たた》くとして、別動隊への対応は『黎明の騎士団』に任せておけばいいだろう。

神聖なるギャラルホルンで召喚された騎士たちは一人一人が相当の実力者で、しかも数としては一〇〇〇人を超えている。

ただ、騎士たちは『生きている人間と言葉を交わせない』という制約があるので、〝通訳〟としてスララを同行させることにした。

できればあと一人、騎士団に同行させたいところだな。

さっき【フルアシスト】と相談したときは、騎士たちを召喚してから考えるという結論に落ち着いたが、さて、どうするかな。

俺が考え込んでいると、リリィが小さく手を挙げた。

「コウさん。私も、スララさんに同行させてもらっていいですか？　……実は、以前に【予知夢】で今みたいな光景を見たことがあるんです」

「そうなのか？」

「夢の中での私は両手でスララさんを抱えて、たくさんの騎士たちと一緒に平野を進んでいました。……あれはたぶん、今日のことを予知していたんだと思います。このあとの出来事もすべて【予知夢】に出てきました。別動隊は一人残らず捕まえてみせますので、私に任せていただけませんか？」

リリィの眼には、強い決意の光が宿っていた。

いつも控えめな態度のリリィがこんなふうに自分の意志を主張するのはとても珍しいことだ。

「私もコウさんの役に立ちたいと思っています。どうか、お願いします」

「……分かった」

しばらく考えたあと、俺は頷いた。

「俺にとってリリィは信用できる仲間だからな。別動隊のこと任せる。けれど、無理はするなよ」

俺はリリィの頭をぽんぽんと撫《な》でた。

「……くすぐったいです」

そう言いつつも、リリィの表情はどこか嬉《うれ》しそうだ。

出会った当初に比べれば、かなり打ち解けてきた感じがあるな。


一騎当千の騎士たちに加えて、リリィの【予知夢】が活用できそうだということを考えれば、別動隊については万全といえる。

次は本隊を叩くための準備だな。

俺はアイリスとレティシアを連れて、街の中へと戻る。

「そういえばコウ様、船を手に入れるアテはありまして？」

「大丈夫だ。今から作るからな」

「今から!?」

レティシアが驚いて目を丸くする。

「……なるほどね」

納得顔で頷いたのはアイリスだった。

「【創造】かしら」

「正解だ」

俺は頷く。

ほどなくして俺たちは街の沿岸部にある船着き場に辿《たど》り着いた。

海賊たちの砲撃によって周辺一帯は瓦礫《がれき》の山になっており、海には船の残骸が浮かんでいる。

さっき衛兵に案内されてここを訪れたとき、あたりに人の姿はなかった。

だが、今はなぜか多くの船乗りたちが集まっている。

「アンタが噂《うわさ》の《竜殺し》だな？　……なかなかいいツラじゃねえか」

「ああ。こいつは頼れる男の顔だぜ」

「ジェス支部長から聞いたけどよ、アンタ、たった三人で海賊どもをブッ潰《つぶ》しに行くんだろ。……すげえな。めちゃめちゃ格好いいじゃねえか。頑張れよ」

どうやら船乗りたちは、海賊退治に向かう俺たちを応援するために、わざわざこの場に足を運んでくれたようだ。

「《竜殺し》さんよ、こいつは餞別《せんべつ》だ。持っていってくれ」

一人の船乗りがこちらにやってくると、赤く熟《う》れたリンゴを差し出してきた。

色ツヤもよく、とてもおいしそうだ。

「いいのか？」

「悔しいが、オレたちじゃ海賊には勝てねえからな。一緒に行ったところで足手纏いになっちまう。その詫《わ》びと言っちゃなんだが、リンゴくらいは貰《もら》ってくれ。北西にあるブルーフォレスト男爵領で採れたヤツで、びっくりするくらい甘いんだよ」

「分かった。行く途中に食べさせてもらう」

俺はそう答えてリンゴを受け取る。

すると、他の船乗りたちもワラワラとこちらに集まってきた。

「《竜殺し》さんよ、フォートポート名物のドライフルーツもどうだ？　疲れが吹き飛ぶぜ」

「こいつはオレの田舎に伝わる航海安全のお守りだ。よかったら貰ってくれ」

「うちの嫁が作った自家製の瓶詰ザワークラウトだ。航海といえばコレだよな」

なんだか予想外の流れになってきたな。

船乗りたちは次から次へと俺のところにやってくると、食べ物やら何やらを手渡してくる。

海賊退治を引き受けたことに対する礼、といったところだろうか。

俺はそのひとつひとつを【アイテムボックス】に収納したあと、船乗りたちに言った。

「ありがとう。海賊は必ず倒してくるから後は任せてくれ」

「おう、頼むぜ！」

「海賊の連中には船をぶっ壊された恨みがあるからな。ボコボコにしてやってくれ！」

「《竜殺し》さんよ、海賊のところまではどうやって行くんだ？　船は一隻も残ってねえぞ」

大丈夫だ、問題ない。

俺は内心でそう答えると、地面に片膝をつき、すぐ近くの瓦礫に右手で触れた。

すると、脳内にレシピが浮かんだ。

今回の素材は数も種類もかなり多い。

周辺一帯にある『瓦礫の山』と、海に浮かぶ『船の残骸』、さらに俺の所持品から『デビルトレントの幹』『デビルトレントの根』、スケルトンソルジャーの軍勢を倒したときに入手した『オリハルコンソード』と『オリハルコンシールド』だ。

これによって新しい船が一隻、そして、新しい船着き場を【創造】できる。

船だけじゃなく船着き場まで作れるのは驚きだ。

俺は大きく息を吸うと、スキルを発動させた。

「――【創造】！」

次の瞬間、まばゆい閃光《せんこう》が弾《はじ》けたかと思うと、瓦礫の山も船の残骸も消え去っていた。

銀色の粒子がパァァァァァッとあたり一面に広がり、その輝きが渦を巻くなかで、船着き場が修復……否《いな》、新生されていく。

船乗りたちが驚愕《きょうがく》の声をあげた。

「な、何が起こってやがる……！」

「すげえ！　港が元どおりになっていくぜ！」

「いや、前よりも立派じゃねえか……!?」

フォートポートの船着き場ＥＸ：コウ・コウサカによって【創造】された新たな船着き場。デビルトレントの幹と根を素材に使っており、メンテナンス不要。三万年の耐久保証付き。
付与効果：《耐久Ｓ＋》《自己再生Ａ＋》《タラップ形成ＥＸ》

どうやら今回も予想以上の性能を持つシロモノを生み出してしまったらしい。

《耐久Ｓ＋》と《自動再生Ａ＋》の両者が相乗効果を発揮することにより、三万年経《た》っても大丈夫、という桁外れに長い寿命を実現している。

三万年といえば、以前にテレビで見たが、日本人の祖先が日本列島にやってきたのがそれくらい昔のことらしい。そう考えると、ずいぶんと壮大な話だ。

船着き場の付与効果としては、他に、《タラップ形成EX》というものがある。

タラップというのは、船を乗り降りするための梯子《はしご》だ。

この船着き場に船が接舷すると、素材として使われているデビルトレントの根がニョキニョキと伸びて、自動的にタラップを形成するそうだ。

いかにもファンタジー、って感じがして、とても面白そうだ。

船乗りたちを見れば、誰も彼もが目を丸くして驚きの表情を浮かべていた。

まあ、無理もないか。

瓦礫の山が片付くどころか、新しい船着き場がポンと現れたわけだからな。

「《竜殺し》の兄ちゃん、あんた、神様の生まれ変わりか……!?」

「船着き場が元どおりになるまで三ヶ月はかかるって話だったのに、一瞬で作り直しちまった……」

「あとは船があれば漁に出れるじゃねえか！　ありがとう、ありがとうな……！」

船乗りたちは衝撃のあまりしばらく茫然《ぼうぜん》としていたが、やがて我に返ると、ひとり、またひとりと俺のところにやってきては感謝の言葉を告げてくる。感極まって抱き着いてくる者もいた。

ちょっと暑苦しいが、それだけ喜んでいるということなのだろう。

まあ、悪い気はしないな。

ところで今回の【創造】だが、船着き場の修復はあくまで副産物に過ぎない。

本当の目的は新しい船を創り出すことであり、こちらは【アイテムボックス】に収納されていた。

エクシード・クルーザー：コウ・コウサカによって【創造】された高速魔導艇。付与効果により
トップクラスの機動性と安定性を兼ね備えており、海上を自由自在に駆け巡る。
付与効果：《機動性強化S＋》《安定性強化S》《自己再生A＋》《物理防御強化S＋》《魔法防御
強化S＋》《ゴーレム合体EX》

説明文を読んだだけでも、なんだかすごそうな雰囲気のある船だ。

魔導艇というのは、いったいどういうものだろうか。

俺が首を傾げると、すぐに【フルアシスト】が情報を補足してくれる。

どうやら古代文明のころに存在した船の一種であり、魔力を動力源にしているようだ。

そのため、オリハルコンゴーレムやデストロイゴーレムと同じく、船の内部には魔導炉心が搭載されているらしい。

付与効果に《自己再生A＋》が存在するのは【創造】の素材にデビルトレントの根や幹を使っているからだろう。

《物理防御強化S＋》と《魔法防御強化S＋》はオリハルコンが由来だろうな。

そして、最も注目すべきは《ゴーレム合体EX》だ。

同様の付与効果はグランド・キャビンにも存在したが、エクシード・クルーザーもデストロイ

ゴーレムと合体することによって真の性能を発揮するようだ。

デストロイゴーレムとエクシード・クルーザーを合体させますか？


脳内に【フルアシスト】の無機質な声が響く。

答えはもちろん「はい」だ。

小さく頷き、【アイテムボックス】から取り出しを念じる。

すると、すぐ近くの海上に魔法陣が浮かび、そこから大型の船がゆっくりと上昇してくる。

「コウ様、これは……？」

レティシアが大きな眼をパチパチと瞬《まばた》きさせながら問いかけてくる。

「新しい船だよ。スキルで作ったんだ」

「船!?　でも、帆がありませんわよね」

海上に浮かぶ船――エクシード・クルーザーは、全長およそ十五メートル以上、形としては現代で言うところのプレジャーボートやクルージングボートに似ている。

帆が存在しないのは、内蔵された魔導炉心を動力源にしているからだ。

そのことをレティシアに説明すると「さっきの船着き場といい、この船といい、コウ様が作るものは何もかもが規格外ですわね……」という反応が返ってきた。

「あら？」

一方で、アイリスが何かに気づいたように声をあげる。

「船のまんなかに刺さってるのって、デストよね」

「ああ。この船も、基本的にはグランド・キャビンと同じだよ。操縦はデストがやってくれる」

俺はアイリスの言葉に頷く。

エクシード・クルーザーは魔力によって動くが、操縦席にあたるものは存在しない。

その代わりを果たすのが、《ゴーレム合体ＥＸ》によってエクシード・クルーザーと一体化したデストだ。

船体の中央部からは、デストの上半身がニョッキリと生えている。

「マスター！　新シイ姿、ドウデスカ！　似合イマスカ！」

デストはそう言って、両腕をシャキーンと伸ばしてポーズを取った。

「格好いいな」

「アリガトウゴザイマス！　ヤッタネ！」

「確かにこれは素敵ですわね」

うんうん、とレティシアが頷く。

深青色の瞳は、憧れを宿してキラキラと輝いていた。

まあ、合体ロボットは一種のロマンだもんな。

レティシアの気持ちはよく分かる。

新たな船……エクシード・クルーザーを手に入れた俺たちは、船着き場を離れて海賊退治へと向かうことになった。

俺、アイリス、レティシアの三人で船に乗り込み、船体前方のデッキに立つ。

「ソレデハ、出発シマス！」

デストの声とともに、エクシード・クルーザーの魔導炉心が起動し、ヴィィィイイインという頼もしい駆動音が鳴り響く。

船着き場のほうを見れば、船乗りたちが手を振ってくれている。

「《竜殺し》さん、頑張れよ！」

「オレたちの船のカタキを取ってくれ！」

「帰ってきたら秘蔵のワインを飲ませてやる！　怪我《けが》するんじゃねえぞ！」

暖かな声援を背中に受けながら、俺たちは陸地を離れた。

「風が気持ちいいわね」

赤色の長い髪を右手で押さえながら、アイリスが言う。

エクシード・クルーザーは「高速魔導艇」というだけあって、かなりの速度を誇っている。

体感だが、時速百キロメートルくらいは出ているかもしれない。

これだけの高速で移動していれば船体もかなり揺れるはずだが、《安定性強化S》のおかげで快適そのものだ。

レティシアなどは、どこからか取り出したティーセットで優雅に紅茶を楽しんでいた。

椅子、テーブル、ポット、カップ……いったいどこに収納していたのだろう。

「あらコウ様、いかがしまして？」

俺の視線に気づいて、レティシアが声をかけてくる。

「そのティーセット、どこから持ってきたんだ？」

「世界の〝外〟ですわ」

いったいどういうことだろう。

俺が言葉の意味を計りかねていると、レティシアは紅茶を飲み干し、椅子から立ち上がった。

「実演したほうが分かりやすいかもしれませんわね。――えい」

やけに可愛《かわい》らしい掛け声とともに、レティシアの右手近くに小さな魔法陣が現れた。その輪郭はボヤけており、どんな模様なのかイマイチはっきりしない。

魔法陣が黄金色の輝きを放つ。

すると、ティーセットは吸い込まれるようにしてその中へと消えてしまった。

「今のは【アイテムボックス】か？」

「いいえ、違いますわ」

レティシアは少しだけ得意げな表情を浮かべて首を振った。

「世界の〝外〟に自分専用の倉庫を作ることで、容量無制限の【アイテムボックス】に近いものを再現していますの」

「それも傲慢竜《ごうまんりゅう》の固有能力なのか？」

「はい……と言いたいところですけれど、実は違いますわ。これは災厄のひとつ、『煌々《こうこう》たる強欲竜』の力の一部を借り受けているだけですの」

新しい名前が出てきたな。

煌々たる強欲竜。

いったいどんな存在なのだろうか。

俺がそれを訊《たず》ねると、レティシアは少しだけ困ったような表情を浮かべた。

「実はわたくし、古い記憶がいくつか欠けておりますの。レティシア・ディ・メテオールとして生まれる以前……何万年もの昔、『赫奕《かくやく》たる傲慢竜』としてこの世界に呼び寄せられた当時のことは、完全に思い出せたわけではありませんの」

ただ、とレティシアは続ける。

「『煌々たる強欲竜』がわたくしの……傲慢竜の弟にあたる存在なのは覚えておりますわ。姉弟だからでしょうか、時々、あの子の気配を感じますの。きっと人間として生まれ変わって、この世界のどこかにいるのだと思いますわ」

「いつか再会できるといいな」

「ふふっ、そうですわね」

レティシアは笑みを浮かべると、まっすぐに俺のほうを見ながら言った。

「わたくしが旅をしているのは弟を探すためですの。あの子はわたくしに似ていますから、災厄としての使命など放り出して、自由に生きているはずですわ。世界のあちこちを見て回ったり、どこかの街で食べ歩きをしたり……お人好《ひとよ》しなところもありますから、行く先々で人助けをしているかもしれませんわね」

そう語るレティシアの表情は、いつになく穏やかで優しげなものだった。

きっと姉弟仲はとても良好だったのだろう。
強欲竜の性格はなんだか俺に近いし、なんだか仲良くなれそうな気がするぞ。
『煌々たる強欲竜』とコウ・コウサカで名前も似ているしな。
……いや、さすがにこれは強引すぎるか。
俺がひとり肩をすくめていると、ふと、フェンリルコートが震えた。
いや、違う。
フェンリルコートのポケットに入っていた通信機がブルブルと振動していた。
さっき海賊側の使者……ジードから取り上げたものだ。
形状としては折り畳み型の携帯電話に似ている。
【器用の極意】があるおかげで、マニュアルを読まなくても使い方は理解できた。
ポケットから取り出し、親指で弾くようにして二つ折りの部分を開く。
通話ボタンを押して耳に当てると、粗野で野太い声が聞こえてきた。
「オレだ。ドクスだ。そっちはどうだ？　要求は通りそうか？」
どうやら相手は海賊団の首領——ドクスのようだ。
俺にとっては、アーマード・ベアの次に戦った相手として思い出深く……ないな。
むしろ今日の今日まですっかり存在を忘れていた。
「おい、ジード。何とか言いやがれ。こっちは退屈してるんだ」
俺が黙っていると、ドクスは苛立《いらだ》ったように言葉を続ける。
通信機の向こうにいるのが俺であることに気づいていないらしい。

「まあ、街の連中が要求を受け入れようが受け入れまいが、金も食料も、ついでに女も手に入れてパーッと大騒ぎだ。へへっ、海賊ってのはラクな商売だな。マジメに傭兵《ようへい》をやってたのがバカバカしくなってくるぜ」

いや、ちょっと待て。

ドクスのやつは自分の命惜しさにクロムさんの護衛を放り出したこともある。

そもそも傭兵の仕事すらマジメにやってなかったよな……？

ドクスはさらに何か言っていたが、さすがに聞くに堪えなかったので、俺は口を開くことにする。

「……久しぶりだな、ドクス。俺のことが分かるか」

第六話　海賊と戦ってみた。

「その声……テメエ、コウ・コウサカか！」

「よく分かったな」

「当たり前だろうが。コウ、テメエのせいでオレはずいぶんと苦労させられたからな……！」

通信機の向こうで、ドクスがクククッと不気味な笑い声をあげた。

「テメエの顔も声も、一日だって忘れたことはねえ。オレの恨みは深いぜぇ」

「そのエネルギー、もっとマシな方向に使ったほうがいいんじゃないのか……？」

「うるせえ、オレに指図するんじゃねえ！」

通信機が壊れそうなほどの大音量でドクスが怒鳴り声をあげる。

ずいぶんと怒りっぽいな。まるで瞬間湯沸かし器だ。

一家に一台、ドクスのポットはいかがでしょうか。

……要らないな。全力でお断りだ。

「コウ！　テメエが調子に乗っていられるのも今のうちだ！　こっちには古代兵器があるからな！

フォートポートより先に、テメエを火の海にしてやる！」

ドクスは最後にそう叫んで、一方的に通信を切断した。

俺を火の海にするって、どういう意味だ……？

いや、言いたいことは分かるんだけどな。

ともあれ、ドクスは俺への憎悪で頭がいっぱいのようだ。

ある意味で好都合の展開といえる。

逆に、一番困るのは、ドクスがこちらを無視してフォートポートに総攻撃を始めることだからな。

それを避けられそうなのは素直にありがたい。

俺が考えをまとめていると、突如としてデストが声を張り上げた。

「マスター！　緊急事態デス！　魔導ミサイル多数、空カラ接近シテイマス！」

なんだって？

上のほうに視線を向ければ、煙の尾を引いた筒状の物体がこちらに迫りつつあった。

その数はおそらく一〇〇を超え、二〇〇、あるいは三〇〇に達するかもしれない。

俺は【鑑定】を発動させた。

対災厄用魔導ミサイル：災厄との戦闘を想定して開発された魔導ミサイル。先端部は槍《やり》のように尖《とが》っており、対象を貫くと同時に、ミサイル内部に組み込まれた魔導術式が多重起動し、大爆発を起こす。四千年前、同種の兵器が黒竜との戦いにおいて使用されたが、その鱗《うろこ》に傷をつけることすらできなかった。

なるほどな。

「対災厄」という名前を冠しているだけあって、魔導ミサイルというのはかなり強力な兵器なのだろう。だが、それでも黒竜に傷ひとつつけることができなかったようだ。

逆に考えると、俺、剣ひとつでよく黒竜を倒せたよな。

もちろんアイリスの力添えや、ミリアから貰《もら》った精霊の指輪のおかげではあるのだが、いずれにせよ奇跡のような勝利だった。

あのときのことを考えれば、無数の魔導ミサイルが飛来する現状なんて、さほどのピンチには感じられない。

「コウ、あたしの準備はできてるわよ」

アイリスが声をかけてくる。

すでに竜神の盾を取り出し、左手に構えていた。

付与効果の《竜神結界ＥＸ》は、黒竜や暴食竜の攻撃さえも防ぎ切ったことがある。

結界を展開すれば、魔導ミサイルくらいは簡単にシャットアウトできるだろう。

だが、俺はアイリスにこう告げる。

「他の攻撃も来るかもしれない。アイリスはそっちに備えてくれ。ミサイルは俺が対応する」

「どうするの？」

「撃ち落とす」

俺は簡潔に答えを返すと【アイテムボックス】からひとつの指輪を取り出した。

――炎帝竜の指輪。

黒竜の亡骸《なきがら》から【創造】したアイテムであり、真紅《しんく》の大きな宝石の中ではメラメラと炎が燃え盛っている。

俺は左手の中指へと指輪を嵌《は》める。

すると付与効果のひとつ――《炎帝の後継者ＥＸ》が発動し、俺のスキルに【炎帝】が追加された。これによって炎魔法への適性が極限まで高められる。

「ターゲットは対災厄用魔導ミサイルすべて、全魔力を消費して迎撃する」

俺が左手を突き出すと、そこを起点にして大きな魔法陣が広がる。

「――行け、ファイアアロー」

俺の言葉を合図に、魔法陣が高速で回転を始めた。

そこから機関銃のような勢いで火矢がバババババババババッと放たれ、魔導ミサイルを片っ端から貫き、爆発、炎上させていく。

青空をキャンパスにして、爆発の華が咲き誇る。

「まあ……！」

レティシアが感極まったようにため息を漏らした。

「随分と豪華な花火ですわね」

「本当ね。……っと！」

アイリスが竜神の盾を掲げ、《竜神結界ＥＸ》を発動させた。

光の防壁が展開される。

それから数秒ほど遅れて、前方からこちらへと赤色の熱線が一直線に向かってくる。

キィン。

だが、熱線はアイリスの結界を突破することはできず、完全に遮断された。

「アイリス、ありがとうな」

「ふふ、どういたしまして。コウを守るのがあたしの役目だもの」

「いつも助かってるよ。……敵はどこだ？」

熱線が飛んできたほうに視線を向ければ、帆のない船が左右から二隻ずつ——合計で四隻、波を切り裂きながらこちらに接近しつつあった。

俺はすぐに【鑑定】を発動させた。

アサルト・クルーザー：魔導炉心を搭載した無人突撃艇。船体はオリハルコンに包まれており、武装として速射型魔導レーザー砲を搭載している。古代文明の時代においては攻守ともに最高位の性能を誇っていた。

速射型魔導レーザー砲といえば、オリハルコンゴーレムにも搭載されている武装だ。

名前から推測するに、アサルト・クルーザーというのは、海上戦闘用のオリハルコンゴーレムのようなものだろう。

四隻のアサルト・クルーザーはこちらへと接近しつつ、赤色の魔導レーザーで一斉攻撃を仕掛けてくる。

「……無駄よ！」

アイリスが声を張り上げると、光の防壁はさらに輝きを増した。

その堅牢《けんろう》さは圧倒的であり、魔導レーザーの集中砲火をすべてシャットアウトしていた。

とはいえ、守ってばかりでは話が始まらない。

「デスト。敵の攻撃を振り切れるか？」

「ハイ！　エクシード・クルーザーノ機動性ナラバ、離脱ハ可能デス！」

「分かった。やってくれ」

「了解デス！」

エクシード・クルーザーがグンと加速し、左へと急旋回を行う。

普通だったら慣性と遠心力によって俺たちは船上から振り落とされてしまうところだろうが、《安定性強化S》が付与されているため、少し身体が傾くだけで済んだ。

俺は念のためにデッキの手すりを掴《つか》みつつ、アイリスとレティシアに告げる。

「左の二隻はこっちで引き受ける。右の二隻はレティシアに任せていいか？」

「承知しましたわ。わたくし、そろそろ暴れたいと思っていたところですの」

「あたしは何をすればいいの？」

「アイリスは船に乗ったまま、後ろから追いかけてきてくれ。もしもドクスが街に攻撃を始めたら、そのときは防御を頼む」

「分かったわ。あたしのことは気にしなくていいから、コウは思いっきり暴れてきてちょうだい」

アイリスは左眼《め》でパチリとウインクして頷《うなず》いた。

ほどなくして、デストの声が響く。

「マスター！　敵ノ射程外ニ離脱シマシタ！」

よし、そろそろ反撃といこう。

俺は【アイテムボックス】からフライングポーションを取り出した。

一気に飲み干すと、口の中に芳醇《ほうじゅん》な香りが鼻に抜け、それと同時に身体がフワリと浮き上がる。

「コウ様、その薬も【創造】で作りましたの？」

レティシアの言葉に、俺は頷いた。

「ああ。飲むとしばらくのあいだ空が飛べるんだ。レティシアも飲むか？」

「興味はありますけれど、戦闘中に試すのは少し不安ですわね」

俺はそう言うと、アイリスに向かって告げた。

「じゃあ、また今度だな」

「そろそろ行ってくる。結界を解除してくれ」

「了解よ。二人とも、気をつけてね」

「もちろんだ」

「もちろんですわ」

俺とレティシアは似たようなセリフを口にすると、同時に船から飛び出した。

俺はフライングポーションで飛んでいくつもりだが、レティシアはどうするのだろう……と思っていたら、驚いたことに、海の上を疾走していた。

いったいどういう原理なんだ？

レティシアが駆け抜けたあとの海面を見れば、そこにはヒビ割れた薄氷が浮かんでいる。

【フルアシスト】の無機質な声が告げた。


レティシア・ディ・メテオールは海面に対して【支配】を行使し、局所的に凍らせることによって足場を形成していると推測されます。


それは面白いな。

【支配】というのは俺が想像するよりもずっと応用の効く能力のようだ。

って、感心している場合じゃないか。

さっさと左の二隻を片付けよう。

「行くぞ」

俺は風を操ると、二隻のアサルト・クルーザーのほうへと向かう。

何十発もの魔導レーザーが迎撃として飛んでくるが、時にはそれを回避し、時にはそれをバスタード・ガントレットで受け止める。

ここで役に立つのが付与効果の《魔力吸収S＋》だ。

魔導レーザーがどれだけ命中しようとも、バスタード・ガントレットに吸収されるだけであり、俺にダメージはない。これなら楽勝だ。

俺はある程度まで距離を詰めると、【アイテムボックス】から魔剣グラムを取り出した。

右肩に担ぐように構える。

ここまでに吸収した魔力をすべて剣に込めて《戦神の斬撃S＋》を発動させる。

「お返しだ。受け取ってくれ」

左上から右下へ、勢いよく剣を振り下ろした。

白銀の刃《やいば》から魔力が放出され、巨大な斬撃となって二隻のアサルト・クルーザーへと襲いかかる。

一刀両断。

二隻のアサルト・クルーザーはどちらも左右真っ二つに分かれ、大爆発を起こした。

さて、レティシアのほうはどうだろうか。

苦労しているようなら助太刀しよう……と思いつつ、右へと向かう。

そもそもの話、レティシアはどんな戦い方をするのだろう。

いつもお嬢様言葉で喋《しゃべ》っているし、立ち居振る舞いも優雅なので、自分の手を汚すようなことはしなさそうだ。遠距離から魔法を使って敵を吹き飛ばすとか、そんな感じだろうか。

だが――

戦場に到着してみれば、俺の抱いていたイメージとはまったく異なる光景が繰り広げられていた。

レティシアは魔導レーザーをかいくぐって一隻目のアサルト・クルーザーに肉薄すると、右の拳を構えた。

「はあああああああっ！」

勇ましい掛け声とともに、右手が青色に輝く。

光を纏《まと》った拳が、まるで流星のように尾を引きながら、アサルト・クルーザーの船体を下から殴りつける。

惚《ほ》れ惚《ぼ》れするほど見事なアッパーカットだった。

その威力は物理法則というものを超越しており、アサルト・クルーザーの巨大な船体は大きくへこみ、クルクルと回転しながら空へと打ち上げられた。

「トドメですわ！」

レティシアはさらに追撃に移る。

今度は両足に青い閃光《せんこう》を纏わせると、凍った海面を蹴って大きくジャンプした。

そして――

「はあああああああっ！」

アサルト・クルーザーが重力に引かれて落下してくるところに合わせ、空中で回し蹴りを放った。

まるで格闘ゲームのような光景だ。

レティシアの回し蹴りによってアサルト・クルーザーは斜め下方向へと弾《はじ》き飛ばされる。

その先にはもう一隻のアサルト・クルーザーの姿があった。

激突。

二隻のアサルト・クルーザーはどちらも魔導炉心に致命的なダメージを受けたらしく、カッ、とまばゆい閃光を放ち、大爆発を起こす。

爆炎と黒い煙を背景にして、レティシアが空から舞い降りる。

表情はとても涼しげだ。

海面に薄氷が生まれ、そこに、トン、と着地した。

レティシアは俺の姿に気づくと、ふふっ、と茶目っ気たっぷりの笑みを浮かべながら右手を掲げ
……バン、と銃を撃つような仕草をした。

俺が苦笑していると、レティシアがこちらに歩いてくる。

「見てのとおり、こちらは片付きましたわ。いかがでしたか？」

「なんというか……豪快だな」

「ふふっ。褒《ほ》め言葉と受け取っておきましょうか」

「ああ、そうしてくれ」

俺はレティシアの言葉に答えつつ、ここからの動きについて考える。

海賊の保有戦力は、有人艦が一隻と、無人艦が四隻だったはずだ。

先ほどの戦いで、無人艦はすべて叩《たた》き潰《つぶ》した。

残っているのは、ドクスとその手下たちが乗る有人艦だけだ。

ふと、視界の端で光が瞬《またた》いた。

魔導レーザーがこちらに向かって一直線に飛来する。

ドクスたちの乗る有人艦が攻撃を仕掛けてきたのだろう。

俺もレティシアも、同時にその場を飛びのいて回避した。

「どうやらパーティの招待状が届いたようですわね」

「わざわざ居場所を教えてくれるなんて親切だな」

魔導レーザーが飛んできた方角に眼を向ければ、うっすらと大きな船影が見えた。

「コウ様、どのように攻めますか？」

「そうだな……。俺が先行して攻撃を引き付ける。レティシアは後から来てくれ」

「承知しましたわ。腕が鳴りますわね」

レティシアは不敵な笑みを浮かべると、指をパキパキと鳴らす。

いかにも強者《つわもの》といった風格を漂わせており、とても頼もしい。

チラリと背後を振り返れば、遠くにはエクシード・クルーザーと、デッキの上に立つアイリスの姿が見えた。

俺が右手を振ると、アイリスもこちらに気づいたらしく、右手を振り返してくる。

なんだかちょっと温かな気持ちになる。

「アイリス様は本当に変わりましたわね」

レティシアがしみじみと言う。

「昔は、あんなに明るい雰囲気ではありませんでしたもの。きっとコウ様のおかげでしょうね」

「……どうだろうな」

「ふふっ、照れているコウ様も可愛《かわい》らしいですわね」

レティシアは小悪魔じみた笑みを浮かべると、俺のことを下から覗《のぞ》き込んでくる。

「ともあれ、わたくしは壁か天井になったような気持ちで、お二人のことを眺めていこうと思いますわ。……では、参りましょう」

「ああ、行くぞ」

俺たちは頷き合うと、同時に動き始めた。

俺は風を操って高度を上げると、一気に加速しながら敵艦のほうへ向かう。

「……大きいな」

戦艦の全長はおそらく二百メートルを超えているだろう。

帆がないのは無人艦のアサルト・クルーザーと同じだが、デッキには無数の砲塔がぎゅうぎゅう詰めに犇《ひしめ》き合っており、まるで海に浮かぶハリネズミのようだ。

俺は【鑑定】を発動させた。


対災厄戦艦オリハルコンロックス：古代文明のテクノロジーを結集して開発された超大型戦艦。魔導ミサイル砲台および速射型魔導レーザー砲台が多数搭載されており、海戦および陸への砲撃において無類の攻撃力を誇る。最大の武器は船首にある超高出力魔導レーザー砲。


【鑑定】の結果から考えるに、先ほどの魔導ミサイルや魔導レーザーはオリハルコンロックスからの攻撃だったのだろう。

超高出力魔導レーザー砲といえば、デストロイゴーレムのデストにも同じものが搭載されている。

数万匹の魔物を一瞬にして蒸発させるほどの威力を持っているわけだから、あんなものが街に向けて放たれたら火の海どころの騒ぎじゃない。大惨事になるぞ。

「……ドクスのやつ、とんでもないものを持ち出してきたな」

俺は嘆息しながら【アイテムボックス】にグラムを収納する。

機動性を上げるために、荷物は少しでも減らしておきたいからな。

俺は高度を下げ、あえてオリハルコンロックスの眼前へと姿を現す。

無数の魔導レーザー砲台が、一斉に、こちらを向いた。

よし、ここまでは作戦どおりだ。

俺の役割は陽動だからな。

オリハルコンロックスの攻撃がこっちに集中すればするほど、レティシアの負担は減るはずだ。

「おっと！」

魔導レーザーが何十発、いや、何百発と束になって俺に襲いかかる。

それはまさに光の弾幕だった。

俺は【器用の極意】を発動させ、レーザーとレーザーの隙間《すきま》をすり抜けるようにして回避する。

まるでダンスでも踊っているような気分だ。

オリハルコンロックスの弾幕はだんだんと激しさを増していく。

レティシアはそろそろ突入できただろうか。

そう思っていた矢先、魔導レーザー砲台のひとつが爆発を起こした。

誤作動だろうか？

いや、違う。

見れば、オリハルコンロックスの船上にレティシアの姿があった。

レティシアはその拳に青い流星の輝きを纏わせて、全身全霊の一撃を放つ。

それは物理法則というものを完全に超越しており、彼女の何百倍もの質量を持つ魔導レーザー砲台をいとも簡単に爆発四散させていた。

一瞬だけ、レティシアがこちらを向いた。

声は聞こえなかったが「ありがとうございます。こちらはもう大丈夫ですわ」と言っている……ように思えた。

了解の意味を込めて首を縦に振ると、俺はいったん高度を上げてオリハルコンロックスの全体像を確認した。

甲板の中央部に眼を向ければ、魔導レーザー砲台にぐるりと囲まれたところに、ひときわ背の高い構造物がある。

前面はガラス張りになっており、とても見晴らしが良さそうだ。

その内部には海賊と思《おぼ》しき人影もチラホラと見える。

あくまで推測だが、おそらく、ここが艦橋……つまりは指令室なのだろう。

人間で言えば頭脳にあたる部分だから、早めに潰しておきたいところだ。

「……よし」

レティシアの活躍により、オリハルコンロックスの魔導レーザー砲台は、すでに半分以上が沈黙している。魔導ミサイル砲台のほうは最初から動きがないが、先ほどの攻撃で全弾を撃ち尽くしていたのかもしれない。これなら接近は容易そうだな。

俺は急降下をかけると、一直線に指令室へと接近し――その勢いのまま、前面のガラスをぶち破って突入した。フェンリルコートにアーマード・ベア・アーマーを重ね着しているおかげで、こちらにはかすり傷ひとつついていない。

風を操り、急制動をかけて空中で停止する。

床に降り立って、周囲を見回す。

そこは学校の教室の広さほどの場所で、壁際にはピカピカと輝くモニターや、怪しげな光を放つ機械が設置されていた。アニメやマンガに出てくる宇宙戦艦のような雰囲気だ。

室内にいる海賊の数は……ざっと数えて、三十人といったところか。

俺がいきなり飛び込んできたものだから、誰も彼もが驚愕《きょうがく》の表情を浮かべていた。

ん？

おかしいな。

「ドクスはどこだ……？」

ここが指令室であることは間違いなさそうだが、海賊たちのなかにドクスらしき人影はなかった。

いったいどこにいるのだろう。

俺があらためて視線を巡らせていると、我に返った海賊のひとりが声を張り上げた。

「久しぶりだなぁ、コウ・コウサカ！　ドクスの親分はここにはいねえぜぇ！」

……誰だ？

その海賊は大柄な筋肉質で、顎《あご》はボサボサの髭《ひげ》に覆われていた。

まったく見覚えがないな……と思いつつ【鑑定】を発動させる。

名前はゲヌマ、所持スキルは【斧術《ふじゅつ》】と【戦意高揚】の二つだ。

言動から考えるに、クロムさんの護衛を投げ出した三人組の傭兵《ようへい》の一人だろう。

「わざわざ殺されに来てくれてありがとうよぉ。おらテメエら、やっちまいな！」

ゲヌマがそう叫ぶと、他の海賊たちもハッとした表情になり、それぞれが武器を手に取った。

剣、槍、斧《おの》――どれも使い古されており、錆《さび》が浮かんでいるものも多い。

武器は自分の命を預ける相棒なんだから、ちゃんと手入れをしてやればいいのにな。

海賊たちは全身に殺気を漲《みなぎ》らせると、一斉に、こちらへと殺到してきた。

「遅い」

俺は身を反らして斬撃を躱《かわ》すと、近くにいた海賊の顔を左手で掴んだ。

バスタード・ガントレットの付与効果――《白蠍《しろさそり》の雷撃ＥＸ》を発動させる。

「あががががががががっ！」

青白い火花が散り、海賊の身体がビクビクと震える。

手を離すと、海賊はそのまま白目を剥《む》いて床に倒れた。

「死にやがれ！」

背後から別の海賊が槍の刺突を繰り出してくる。

「無駄だ」

俺は振り返りざまに回し蹴りを放つ。

その一撃は槍の穂先に真横から直撃し――槍を遠くへと弾き飛ばしていた。

「そんなっ、馬鹿な……！」

海賊はその顔に驚愕の表情を浮かべている。

俺は前方に踏み込み、《白蠍の雷撃ＥＸ》を発動させながらボディブローを打ち込む。

「がっ、ががががががっ！」

海賊は放物線を描きながら後方に弾き飛ばされ、壁際の機械に激突した。

俺はその勢いのまま、三人、四人、五人と気絶させていく。

十五人ほどノックアウトしたところで、海賊たちの動きが鈍った。

「ど、どうなってやがる……。向こうはたった一人だろ、なんでぶっ殺せねえんだ……？」

「コイツ、本当に人間かよ……」

「こ、降参したほうがいいんじゃねえか……？」

海賊たちの顔には怯《おび》えの色が浮かんでいた。

戦意を喪失して逃げ腰になっている者も多い。

これでもう勝負は決まったようなものだろうか。

俺がそんなことを考えた矢先、ゲヌマが怒声をあげた。

「テメエら、ビビってんじゃねぇ！　いくら《竜殺し》だろうと人間だ、そのうちバテるに決まってんだよぉ！　囲め、囲んで叩き続けろ！」

「わ、分かったぜ、ゲヌマの兄貴！」

「オレたちに喧嘩《けんか》を売ったこと、後悔させてやる……！」

「テメエをぶっ殺したら、おれたちは《竜殺し殺し》だ！　覚悟しやがれ……！」

……何が起こってるんだ？

ゲヌマが声を張り上げた途端に、海賊たちは闘志を取り戻していた。

あまりに不可解な状況だ。

すると【フルアシスト】が自動的に起動して、俺に告げた。

ゲヌマの所持スキル、【戦意高揚】の発動を確認しました。

【戦意高揚】は味方の精神状態に作用し、戦意を高めるスキルです。

なるほどな。

海賊たちが急にやる気を出したのは、スキルのおかげ、ってことか。

第七話 過去の因縁に決着をつけてみた。

ゲヌマの【戦意高揚】は、怯《おび》え切っていた海賊たちを一瞬で命知らずの戦士へと変貌させた。

これはかなり強力なスキルだし、軍隊や騎士団に入れば、諸手《もろて》を挙げて歓迎されたはずだ。

けれどもゲヌマは傭兵《ようへい》になり、最終的にフォートポートの人々を脅かす海賊にまで身を落としている。人格に問題があったのかもしれないが、随分ともったいない話だ。

こういうとき、俺はクロムさんの言葉を思い出す。

――『よい手札を引くこと』と『よい手札を使いこなすこと』のあいだには大きな距離がありま

す。恵まれたスキルを持ちながらも使いこなせない者、周囲をひたすら不幸にする形でしか使えない者はいくらでもおります。

ゲヌマはまさに『恵まれたスキルを持ちながらも使いこなせない者』であり『周囲をひたすら不幸にする形でしか使えない者』なのだろう。

俺はそんなことを考えつつ、《白蠍《しろさそり》の雷撃EX》で海賊たちの意識を奪っていく。

海賊たちは最初こそ【戦意高揚】によって闘志を滾《たぎ》らせていたが、劣勢になるにつれてスキルの効果が薄れてきたらしく、その顔に再び怯えの色が混じり始めた。

「ち、ちくしょう！　こいつ、バケモノかよ！　あがががががっ！」

「か、か、勝てるわけがねえ！　強すぎ……いぎぎぎぎっ！」

「ゲヌマの兄貴、助け……げげげげげげげげっ！」

指令室の中にいた海賊はおよそ三十人、そのすべてを気絶させ――残るはゲヌマだけだ。

「……けっ、使えねえヤツらだぜ」

ゲヌマはそう吐き捨てると、すぐ足元でのびている海賊の頭を爪先でつつくように蹴った。

「けどよぉ、コウ。テメエもそろそろ疲れてきたんじゃねえかぁ？　ははははっ、隠すなよ。オレには分かるぜぇ」

いや、あんまり疲れてないんだけどな。

あと二〇〇人くらいなら余裕で相手ができそうだ。

とはいえ、それをゲヌマに教えてやる義理はない。

「テメエを殺せば、オレが《竜殺し殺し》だぁ！　覚悟しやがれ！」

《竜殺し殺し》って、さっきゲヌマの部下が言ってたフレーズだよな。

もしかして気に入ったのだろうか？

いずれにせよ、おとなしく殺されてやるつもりはない。

ゲヌマは斧《おの》を構えると、左右に振り回しながらこちらへと迫ってくる。

「ヒャハハハハハハ！　オレは【斧術《ふじゅつ》】持ちだぁ、真っ二つにしてやるぜぇ！」

フオン、フオン、と風を切る音が響く。

さて、どうするかな。

ここはやはり、斧には斧だろうか。

俺は【アイテムボックス】からヒキノの木斧を取り出した。

それを見て、ゲヌマが嘲《あざけ》るような表情を浮かべる。

「木のオモチャなんて持ち出してどうするつもりだぁ？　この斧はオリハルコン製なんだよぉ！」

「オリハルコン？　古代文明か？」

「よく分かったなぁ！　こいつも遺跡で見つけたんだよぉ、うおおおおおおおっ！」

ゲヌマが斧を振り上げ、俺めがけて叩《たた》きつけようとする。

今だ。

俺は身体にひねりを加えつつ、ヒキノの木斧をサイドスローで投げつける。

木斧はブーメランのように高速回転しながらゲヌマの斧へと激突する。

カァン！

甲高い音が鳴り響いた。

ヒキノの木斧と、オリハルコンの金属斧。

両者の激突を制したのは——ヒキノの木斧だった。

オリハルコンの金属斧は刃の部分を粉々に砕かれ、ゲヌマの手から弾《はじ》き飛ばされる。

本来ならばありえない光景だろうが、ヒキノの木斧には《投擲《とうてき》クリティカルA＋》が付与されている。その結果、オリハルコンを粉砕するほどの威力を発揮したのだ。

「なぁっ……!?」

ゲヌマは驚愕《きょうがく》のあまり眼《め》を大きく見開いていた。

戦闘中にそんな隙《すき》を晒《さら》していいのか？

俺はすでに次の動作に入っていた。

ゲヌマとの距離を詰め、その喉元を掴《つか》む。

「悪いが、これで終わりだ」

「あ、ありえねぇ！　ぐがががががががっ！」

バスタード・ガントレットから稲妻が迸《ほとばし》った。

ゲヌマは全身をビクビクと震わせ、やがて意識を失う。

とりあえず、これで指令室は制圧できたな。

次はドクスのやつを捕まえるとしよう。

闇雲《やみくも》に探し回るのも効率が悪いし、できれば手間を省きたいものだ。

「……いい方法があるな」

俺はふと思いついて【オートマッピング】を起動する。

目の前に、ポン、と青白いウィンドウが現れ、オリハルコンロックスの艦内地図が表示された。

【オートマッピング】はスマートフォンの地図アプリみたいなスキルだが、その機能としては地図アプリの上位版というべきものになっている。

目的地を指定しての経路案内はもちろんのこと、人の居場所を検索し、突き止めることも可能だ。

「ドクスの居場所を検索してくれ。できるか？」

俺が問いかけると、青白いウィンドウがチカチカと点滅を繰り返した。

それからわずか三秒ほどで、地図に赤色の光点が表示される。

どうやらドクスは艦内後方に設けられた隠し部屋に身を潜めているらしい。

さあ、行こう。


オリハルコンロックスの艦内では、侵入者を告げるアラートが鳴り響いていた。

俺は細長い廊下を駆け抜け、途中で海賊に出くわすたびに《白蠍の雷撃ＥＸ》で意識を奪う。

「くそっ！　《竜殺し》が来るなんて聞いてねえぞ！　あがががががっ！」

「ちくしょう！　ドクスのやつなんかについてくるんじゃなかったぜ！　いぎぎぎぎぎっ！」

「ひいいいいいっ！　勝てねえ、こんなやつに勝てるわけがねえ！　うぐぐぐぐっ！」

倒した海賊の数は、ゲヌマのところにいた連中も含めると、そろそろ五十人を超えている。

突然、遠くで、ドォン！　という爆発音が鳴った。

レティシアが別の場所で暴れているのだろう。

【転移者】と災厄をまとめて敵に回すなんて、海賊も大変だな……。

まるで他人事《ひとごと》のようにそんなことを考えていると、ポケットの中で通信機が震えた。

出てみると、相手はドクスだった。

「コウ……！　テメエ、随分と好き放題にやっているみてえだな」

「ああ。ゲヌマは倒した。ドクス、次はおまえだ」

「ヒャハハハハハ！　いい気になっていられるのも今のうちだぜ！　追い詰められているのはオレじゃねえ、テメエのほうなんだよ。コウ！」

ドクスのやつ、やけに強気だな。

進退窮まって自棄《やけ》になった……という感じでもなさそうだし、どうにも引っかかる。

「オレのいる部屋は予備の指令室も兼ねていてな、ここから船の主砲もコントロールできる。いま、フォートポートに狙いを定めた。あとはオレの気分次第だ。……さあどうする？　もしもテメエが降参するってんなら、攻撃を考え直してやってもいいぜ」

船の主砲というと、超高出力魔導レーザー砲のことだろうか。

あんなものが街に直撃したら、とんでもない数の死者が出る。

それだけは絶対に避けなければならない。

「ずいぶんと卑怯《ひきょう》なマネをしてくれるな、ドクス」

「うるせえ！　戦いにルールなんてねえんだよ。ヒャハハハ！」

ドクスは勝利を確信したような口ぶりで、自信満々に話しかけてくる。

「さあ、どうする？　決めるならさっさと決めろ。間に合わなくなるぜ」

「降参したら、攻撃を考え直すんだな」

「おう。オレは約束を守る男だぜ」

「考え直した結果、やっぱり攻撃するんだろう？」

「なっ……！」

俺の返答に、ドクスは絶句する。

「テメエ、どうしてそれを……！」

「そんなことだろうと思ったよ」

俺は嘆息する。

「おまえのような悪党の考えることなんてお見通しだ。……悪いが、街には指一本触れさせない」

俺は魔導通信機の通話を切ってポケットに入れると、【アイテムボックス】からヒキノの木槌《きづち》を取り出した。

付与効果は《壁破壊S＋》だ。

【オートマッピング】の地図によれば、俺のいる場所から壁一枚を隔てたところに隠し部屋があり、そこにドクスが潜んでいるようだ。

「はああああああああああっ！」

俺は木槌を振り上げると、全力で壁に叩きつけた。

ドゴォ！　とまるで爆撃のような音が鳴り響き、壁が粉砕される。

その向こうにはドクスの姿があった。

いきなりのことに腰を抜かし、床にへたり込んでいる。

「な、な、何がどうなってやがる……！　オリハルコン製の壁をブチ破るなんて、い、意味が分からねえ……。反則だろ……！」

「戦いにルールがないと言ったのはおまえだ、ドクス」

俺はヒキノの木槌を【アイテムボックス】に収納すると、腰を抜かしたままのドクスの顔を掴み、《白蠍の雷撃EX》を発動させた。

「あっ……がががが っ！」

ドクスの全身が青白い稲妻に包まれ、白目を剥《む》いて意識を失った。


ドクスを昏倒《こんとう》させたあと、俺は【オートマッピング】を起動し、残りの海賊たちの居場所をすべて表示させた。艦内を歩き回り、一人、また一人と制圧していく。

最後の一人は甲板の最後尾にいるようだ。

そちらに向かってみると、ちょうどレティシアが戦っているところだった。

「これで終わりですわ！　はあああああっ！」

「がぁっ！」

流星のようなアッパーカットが、海賊の下顎《したあご》をしたたかに打ち抜いて意識を刈り取る。

周囲には気絶した海賊たちが何人も折り重なったまま倒れていた。

レティシアを見れば、彼女の顔や身体には傷ひとつついておらず、衣服もほとんど乱れていない。

かなりの実力者であることは間違いないだろう。

「……ふう」

レティシアは一息つくと、俺のほうを向いてクスッと微笑《ほほえ》んだ。

「あらコウ様、ご覧になっていましたのね」

「すごい活躍だな。何人くらい倒したんだ？」

「ざっと数えて四十人ほどでしょうか。コウ様は？」

「だいたい八十人だな。ドクスも倒した。これで制圧完了だ」

「なかなか骨が折れる戦いでしたわね」

レティシアはそう言いながら、茶目っ気たっぷりの表情で右の拳を掲げた。

俺も同じように右の拳を掲げると、拳と拳をコツンと合わせる。

「海賊退治、手伝ってくれて助かったよ。感謝する」

「お礼を言うのはわたくしのほうですわ。コウ様のおかげで、ずいぶんと楽をさせていただきましたもの。では、フォートポートに戻りましょうか」

「ああ、そうするか」

フォートポートまではこの船に乗って戻ればいいだろう。

気絶した海賊たちもまとめて運べるから一石二鳥だ。

俺たちはオリハルコンロックスを動かすため、指令室へ向かうことにした。

そうして艦内の通路を並んで歩いていたのだが……んん？

なんだか視線を感じるな。

レティシアは俺の右横を歩いているのだが、先ほどからチラチラとこちらを見ては、考え込むような表情を浮かべている。いったいどうしたのだろう。

「レティシア。何か言いたいことでもあるのか？」

俺がそう訊《たず》ねると、レティシアはハッと我に返ったような表情を浮かべた。

何度か瞬《まばた》きを繰り返したあとに、ゆっくりと口を開く。

「これは失礼いたしました。少し、弟のことを考えておりましたの」

「弟って、ええと……」

「災厄としての弟――『煌々《こうこう》たる強欲竜』のことですわ。今頃、どこで何をしているのやら……」

「手掛かりはないのか？」

「今のところ有力なものはありませんわね。ただ、あの子は困っている相手を見捨てられないタイプですし、きっと世界のどこかで人助けでもしていると思いますわ。――盗賊に狙われた村があれば、村人全員を無傷で守り抜いて、盗賊を一人残らず捕まえる。『強欲』の名が示すように、完全無欠のハッピーエンドを実現させることでしょう」

「それって強欲なのか……？」

犠牲者を出さず、悪にきっちり裁きを与える。

まったく悪いことには思えないし、むしろ共感するばかりだ。

「コウ様の気持ちはよく分かりますわ」

レティシアは深青色の瞳でこちらをジッと見ながら頷《うなず》いた。

「ひとつお教えしておくと、世界の外側から呼び寄せられた災厄に与えられた名前は、表裏一体の意味を持ちますの。弟は責任感が強くて、やると決めたことは手を抜かず、最後まで完璧にやり遂げようとしますわ。……ですがそれは裏を返せば、最善の結果にこだわる『強欲』さともいえますわよね？」

「……まあ、そうだな」

ちょっと釈然としないところもあるが、意味は理解できる。

要するに、ものは言いよう、というやつだ。

「レティシアの場合はどうなんだ？　あんまり『傲慢《ごうまん》』って感じはしないけどな」

「ふふ、コウ様にそう思っていただけるのは嬉《うれ》しいですわね」

レティシアはクスッと笑うと、そのまま言葉を続ける。

「わたくしは自分の力というものを、人々を守るために使うと決めておりますの。誰かの命や財産を理不尽に奪う存在に対しては正義の鉄拳をぶちかます所存ですわ。……ですが、それは正義の名のもとに自分の暴力を正当化しているだけ、とも言えますわよね？」

「だから『傲慢』ってことか」

俺の言葉に、レティシアはこくりと頷いた。

「正直なところ、わたくしも『傲慢』や『強欲』の呼び名はあまりにも偏っているというか、悪い面ばかりを切り取っているように思いますわ。災厄をこの世界に呼び寄せ、名前を与えた存在は、きっと性根が捻《ね》じ曲がっているのでしょう。グーでパンチしたいところですわね」

「災厄を呼び寄せた存在って、いったい何者なんだ？」

「残念ながらそこは記憶から抜けておりますの。……あるいは、意図的に記憶を消された可能性もありますわね」

そんな話をしているうちに、俺たちは指令室に辿《たど》り着いた。

壁際の怪しげな機械に触れると【器用の極意】が発動し、操作方法が頭の中へと流れ込んでくる。

あちこちのボタンやキーボードに指を走らせ、フォートポートまで移動するようにセットした。

こうすれば気絶した海賊たちを運ぶ手間も省けるし、一石二鳥だ。

オリハルコンロックスの航路をパパパパパパッと設定する俺の姿を見て、レティシアが感嘆のため息をついた。

「コウ様は古代文明の機械も扱えますのね。わたくし、びっくりしましたわ」

「俺には【器用の極意】があるからな。そのおかげだよ」

「本当に便利なスキルですわね……。わたくしに分けていただけませんこと？」

「さすがにそれは難しいな」

「ふふっ、冗談ですわ」

レティシアは小さく笑みを浮かべる。

「ところでコウ様、この船を使って海賊たちをフォートポートまで護送するのは賛成ですけれど、街の人々が驚いてしまうかもしれませんわね」

「確かにそうだな」

俺はレティシアの言葉に頷く。

このままオリハルコンロックスをフォートポートに近づければ、海賊の襲撃が始まったと勘違いされて、街が大パニックに陥るかもしれない。

事前にしっかりと説明しておくべきだろう。

「俺かレティシアが街に先行して、海賊退治のことを報告したほうがよさそうだな」

「でしたら、コウ様のほうが適任と思いますわ。かの有名な《竜殺し》の言葉となれば、説得力も段違いですもの」

「……まあ、そうだな」

真正面から認めるのは少しばかり気恥ずかしいが、《竜殺し》の名前はフォートポートにも知れ渡っている。

いまさら取り消すことはできないし、だったら、開き直って利用すべきだろう。

「分かった。それじゃあ、俺は一足先に街へ戻らせてもらう。船はフォートポートの港に自動で向かうように設定してあるから、レティシアはそれまで自由に過ごしてくれ」

「承知しましたわ。とはいえコウ様だけを働かせるのも心苦しいですし、海賊たちに【支配】をかけておきましょうか。街に到着したあと、脱走でもされたら困りますもの」

「確かに、トラブルの芽は摘《つ》んでおいたほうがいいな」

「ご理解いただけて幸いですわ。では、お互いにやるべきことをやるとしましょう」

俺は空を飛んでエクシード・クルーザーに戻ろうとしたが、フライングポーションの有効時間である三十分を過ぎていた。

よし、二本目を開けるか。

【アイテムボックス】から追加のフライングポーションを取り出し、ゴクゴクと飲み干す。

そうしてフワリと宙に浮かぶと、ゆっくりとオリハルコンロックスの指令室を離れた。

戦いが終わって心の余裕もできたので、周囲の景色を眺めながらの空中散歩だ。

南に眼を向けると、遠くにはうっすらと街の輪郭が見える。

おそらく、あれはフォートポートの街並みだろう。

反対側……北を振り向くと、キラキラと輝く紺碧《こんぺき》の海がどこまでも広がっている。

この向こうには王都があるはずだが、さすがにここからは見えないようだ。

東と西には、小さな島がポツポツと点在している。

そういえばドクスたちは古代の兵器をどこで手に入れたのだろう。

もしかしたら、どこかの島に遺跡があるのかもしれないな。

まあ、そのあたりは事件が一段落したあと、じっくりと調べればいいだろう。

そんなことを考えているうちに、エクシード・クルーザーが見えてくる。

高度を下げて船のデッキに近づいていく。

すると、アイリスがこちらに気づいて右手を振った。

船体とドッキングしたままのデストも、両手をブンブンと元気よく振って俺を迎えてくれる。

「オカエリナサイマセ、マスター」

「コウ、お疲れさま！　怪我《けが》はない？」

「大丈夫だ。海賊も全滅させたし、あとは街に戻るだけだな」

俺はそう告げたあと、エクシード・クルーザーを離れてから今に至るまでの流れと、今後の動きについてザッと説明する。

話をしているあいだ、アイリスもデストも真剣な表情を浮かべて頷いていた。

いつもどおり、しっかり聞いてくれているようだ。

「……そういうわけで、俺たちは一足先にフォートポートに戻ることになった。デスト、街まで引き返してもらっていいか？」

「合点承知デス！」

デストは右腕を大きく動かしてガシャンと敬礼をする。

両眼がキュピーンと激しく輝いた。

「加速！　旋回！　全速前進デス！」

エクシード・クルーザーのエンジンがヴォォォォォンと激しく唸《うな》る。

船は右に大きく旋回しながらUターンすると、フォートポートに向けて航行を開始した。

俺はしばらくのあいだデッキの手すりに体重を預けながら、ぼんやりと空を眺めていた。

太陽の光がポカポカとして気持ちいい。

のんびりした気持ちで休憩していると、左隣にアイリスがやってきた。

「ねえコウ、今、いいかしら」

「どうした？」

「レティシアのことだけど、彼女、コウに似てるわよね」

「そうか？」

俺は首を傾《かし》げる。

いまひとつピンと来ない。

性別も年齢も違うわけだし、むしろ共通点を探すほうが難しいと思うんだけどな。

「レティシアって、物語のヒーローみたいなところがあるでしょう？」

「まあ、そうだな」

その点については同意できる。

悪を許さず、助けを求める声を聞き逃さない。

正義の味方という言葉がよく似合う。

「……なんというか、俺とは大違いだよな」

「え？」

アイリスが戸惑ったように声をあげた。

俺は何かおかしなことを言っただろうか。

「コウも同じよ。立派なヒーローだと思うわ。今回はフォートポートの人たちを守るために戦ったわけだし、これまでだって大勢の人を助けてきたでしょう？」

「なりゆきだよ。たまたまだ」

「でも、傭兵ギルドの人たちみたいに逃げる選択肢もあったはずよ」

「……まあ、な」

俺はふと、暴食竜との戦いを思い出す。

途中まではこちらの圧倒的劣勢だったし、街の防衛を放り出して撤退することも考えた。

けれども最後は立ち向かうことを選び、暴食竜をなんとか撃破している。

振り返ってみれば、異世界に来たばかりのころからそうだった。

クロムさんがアーマード・ベアに襲われていたとき、見なかったことにしてその場から立ち去るという選択肢も確かに存在していたのだ。

当時、俺にとってクロムさんは見ず知らずの他人に過ぎなかった。

さらに言えば、俺自身、自分がどれだけスキルに恵まれているかを理解しておらず、恐ろしげな外見のアーマード・ベアを見て、足が竦《すく》むほどの恐怖を覚えていた。

それなのに戦おうとしたのは、なぜだろう？

正直なところ、自分でもよく分からない。

あえて推測を述べるなら――小さいころ、俺は消防士に憧れていた。

もっと詳しく言えば、危機に陥った人に手を差し伸べられるようなヒーローになりたいと思っていた。

とはいえ、それは現実を知らない子供の憧れだ。

大人になるにつれて世の中のしくみというものを理解し、現実にはヒーローなんて存在しないと結論づけた俺は、夢を諦めて別の仕事を選んだ。

ただ、ヒーローに憧れていたころの気持ちは自分のなかにずっと残っていたのだろう。

それが俺を突き動かしているのかもしれない。

……うん。

たぶん、この推測は間違っていないはずだ。

誰かを救えるヒーローでありたい。

俺はこの世界で、かつて諦めた夢にあらためて手を伸ばした。

その成果こそがアイリスやクロムさんをはじめとする数多くの人々との繋《つな》がりであり、《竜殺し》の二つ名なのだろう。

……俺は知らず知らずのうちに、なりたかった自分になっていたんだな。

第八話　フォートポートに帰還してみた。

エクシード・クルーザーは十五分ほどでフォートポートに到着した。

船着き場は海賊たちの砲撃によって滅茶苦茶になってしまったが、俺が【創造】で再建している。

当然ながら付与効果もあり、そのうちのひとつが《タラップ形成ＥＸ》だ。

エクシード・クルーザーが動きを止めると、船着き場のほうからデビルトレントの根がシュルシュルと伸びてきて、乗降のための梯子《はしご》を形作った。

「よし、行くか」

「なんだかすごい騒ぎね……」

アイリスの言うとおり、船着き場の周囲はちょっとしたお祭り騒ぎになっていた。

街の住民たちに加えて、リリィとスララ、さらには『黎明《れいめい》の騎士団』までもが集まっている。

ものすごい人口密度だ。

俺とアイリスが並んで梯子を下りると、そこにリリィとスララがやってくる。

「コウさん、おかえりなさい」

「マスターさん、まってたよ！　無事かな？　無事かな？」

「ああ、俺もアイリスもピンピンしてるよ。海賊の本隊もきっちり叩《たた》き潰《つぶ》した。そっちはどうだ？」

「ふふん！　ぼくたち、ちゃんとお仕事したよ！　ほめてほめて！」

スララは誇らしげな表情を浮かべると、すこし縦長になって胸（？）を張った。

補足するようにリリィが言う。

「すべて【予知夢】のとおりでした。別動隊は一人残らず捕まえて、牢屋《ろうや》に連行しています」

「分かった。二人とも、ありがとうな」

俺は右手でリリィを、左手でスララを、それぞれ労《ねぎら》うように撫《な》でる。

「くすぐったい、です」

「えへへ！　マスターさんになでてもらったよ！　わーい！」

喜ぶ二人を見ていると、なんだか俺も嬉《うれ》しくなってくる。

『黎明の騎士団』のほうに眼《め》を向けると、一〇〇〇人以上の騎士たちがザッと一斉に膝をついた。

まずは彼らを労うとしよう。

「みんな、よくやってくれた。いずれまた、力を貸してもらうかもしれない。そのときは頼む」

俺がそう告げると、スララがぴょこぴょこと騎士たちのところに向かった。

スララと騎士たちの何人かが言葉を交わしている……ように見える。

『黎明の騎士団』は神聖なるギャラルホルンによって召喚された死者であり、今を生きる人間と話をすることができない。彼らの声がまったく聞こえないのはそのせいだろう。

スララは人間ではなく魔導生物であるため、騎士たちと会話できる。

しばらくすると、スララはコロコロと地面を転がりながら俺のところにやってきた。

「マスターさん！　騎士さんたちの言葉を聞いてきたよ！」

「ありがとうな。教えてもらっていいか？」

「うん！　えーっとね……」

スララによると、騎士たちはこんなことを言っていたらしい。

『我々にはもったいなき言葉の数々、真《まこと》にありがたく存じます』

『我ら『黎明の騎士団』、あらためて忠誠を誓わせていただきます』

『今回、自分たちを召喚してくださったことを心からありがたく感じております。次はぜひ貴殿の隣で戦わせてくださいませ』

さらにスララは「他の騎士さんたちも、みんな、マスターさんにとっても感謝してたよ」と伝えてくれた。

「……感謝するのはこっちなんだけどな」

今回、もしも『黎明の騎士団』がいなければ、別動隊を取り逃がしていた可能性もあるからな。

そこは本当にありがたいと思っている。

彼らをいつまでも地上に引き留めるのも申し訳ないし、そろそろ元の場所に帰そうか。

俺は【アイテムボックス】から神聖なるギャラルホルンを取り出した。

マウスピースに口をつけて、唇を震わせるようにして吹き鳴らす。

フオオオオオオオオオオオオオオオオォォォォォォォォォォォォオウウウウウウウウウウウウウ――。

それは騎士たちの奮戦を称《たた》えるような、勇ましい音色だった。

戦神の紋章が地面に浮かび、『黎明の騎士団』が真紅《しんく》の粒子に包まれる。

騎士たちの身体がフワリと宙に浮かび、ひとり、またひとり、天へと昇っていく。

「すごい……」

左隣で、アイリスが息を呑《の》んだ。

「まるで神話みたいね……」

「私たちは、新しい神話が生まれる場面に立ち会っているのかもしれません」

リリィはその瞳に確信めいた輝きを宿しながらそう言った。

「コウさんの活躍は、何千年も先の未来でも神話として語り継がれる――。私はそう思っています」

「それは【予知夢】か？」

「いいえ、違います」

リリィは首を横に振ると、俺のことをまっすぐに見上げた。

「私の、願望です」

「……そうか」

俺は思わず眼を逸《そ》らしていた。

リリィの瞳には子供らしい純粋な憧れが宿っており、それを真正面から受け止めるのはどうにも照れくさかったからだ。

幼いころの俺は、たぶん、こんな視線を消防士に向けていたんだろうな。

そう考えると、なんだか感慨深い。

異世界に来てからというもの、本当に、人生がガラッと変わったよな。

俺がしみじみと今日までのことを振り返っていると、周囲の人混みの中からひとりの男性が現れ、こちらに近づいてくる。

長身で、細身で、銀縁眼鏡をかけている。

フォートポートの冒険者ギルドを取りまとめている、ジェス支部長だ。

「コウさん、お疲れさまでした。フォートポートを守ってくださり、本当にありがとうございます。街の安全を預かる者として、心からの感謝を申し上げさせてください」

ジェス支部長はそう言うと、深く深く、頭を下げた。

「詳しい報告は後で伺うとして、まずは区切りというものが必要でしょう。街の人たちに、危機が去ったことを宣言していただいてよろしいでしょうか」

「そういうのは、支部長の仕事じゃないのか？」

「普段であればそのとおりでしょう。ですが、今回はワタシよりもコウさんが適任かと存じ上げます。なにしろ、街の危機を救った英雄なのですから」

「……分かった」

俺は今回、海賊を倒して街に平和を取り戻すことを引き受けた。

フォートポートの人々をきっちり安心させなければ、仕事をやり遂げたとは言えないだろう。

大勢の前で喋《しゃべ》るのは抵抗があるものの、やると決めたことは手を抜かないのが俺の主義だ。

大きく息を吸い、意を決して、街の人々に呼びかける。

「みんな、聞いてくれ！」

俺が声を張り上げると、それまで口々に喋っていた周囲の人たちはシンと静まり返った。

なんだか緊張するな。

小さく咳払《せきばら》いをしてから、言葉を続ける。

「フォートポートを狙っていた海賊は一人残らず捕まえた！　もう大丈夫だ！　みんな、安心していつもどおりの生活に戻ってくれ！」

それから、チラリと後ろを振り向く。

遠くの海にオリハルコンロックスの小さな影が見えた。

街の人々が混乱する前に説明しておくか。

「海賊たちの船だが、四隻は破壊して、最後の一隻は乗っ取った！　じきにフォートポートに到着するだろうが、心配はしなくていい！　——俺たちの勝利だ！」

俺がそう叫ぶと、人々がワッと歓声をあげた。

「《竜殺し》さん！　ありがとう！」

「あんたが来てくれて本当に助かったぜ！」

「よーし、みんなで街の英雄を胴上げするぞ！」

「「「「おう！」」」」

どうやら今回も胴上げがあるらしい。

この世界の人たちって、本当にノリがいいよな。

そうしているうちにオリハルコンロックスがフォートポートの船着き場に到着したが、俺が事前に説明していたこともあって、大きな混乱は起こらなかった。

街の衛兵により、海賊たちは次々に牢屋へと連行されていく。

「さあ、こっちに来い。途中で脱走しようなんて考えるなよ」

「分かりました。逃げるつもりはありませんので、安心してください」

「やけに聞き分けがいいな。まあ、手間が省けて助かるが……」

衛兵たちは戸惑いつつも、自分の職務を滞《とどこお》りなく遂行していく。

海賊の態度は、俺と戦っていたときに比べると、まるで別人のようだった。

途中で暴れるようなこともなく、まさに従順そのものだ。

おそらく、レティシアの【支配】によるものだろう。

海賊たちは衛兵に逆らわないよう命令されているに違いない。

そんなことを考えていると、レティシアがオリハルコンロックスから降りてくる。

「ふう、さすがに海賊全員に【支配】をかけるのは骨が折れますわね」

「お疲れさん、大変だったたな」

「ありがとうございます。とりあえず、これで一件落着ですわね」

「ああ、そうだな」

俺はレティシアの言葉に頷《うなず》く。

「街の被害はゼロだし、海賊もすべて捕まえた。文句なしのハッピーエンドだよ」

「ふふっ」

「どうした？」

「少し、弟のことを思い出しておりましたの。……あの子もよく周囲に手を貸しては、『文句なしのハッピーエンドだな』なんて言ってましたから」

それはすごい偶然だな。

口癖まで似通っているなんて、正直、他人とは思えない。

レティシアの弟とはいい酒が飲めそうな気がするぞ。


そのあと俺たちはジェス支部長に連れられ、冒険者ギルドへ向かうことになった。

「海賊退治について詳しい報告を伺いたいのですが、落ち着いて話せる場所がいいでしょう。支部長室で構いませんか？」

「ああ、大丈夫だ」

「ありがとうございます。……実は先ほど、コウさんの知り合いがひとり、フォートポートに到着しましてね。冒険者ギルドでお待ちいただいております。彼女にも同席してもらいましょうか」

俺の知り合い？

いったい誰のことだろう。

首を傾《かし》げながら支部長室に向かうと、そこには、よく見知った人物の姿があった。

「コウさん、アイリスさん！　お久しぶりです！　やっと追いつきました！」

やや幼げな顔立ちに、くりっとした可愛《かわい》らしい金色の瞳がキラキラと輝いている。

名前はミリア、冒険者ギルドオーネン支部の支部長補佐にして、王都の本部から派遣されてきたというエリートだ。

肩書きに注目するなら近寄りがたい印象を受けるかもしれないが、本人は明るく付き合いやすい性格で、俺個人としては親しみを覚えている。

全員がソファに座ったところで、俺は彼女に問いかけた。

「ミリア、どうしてここに？」

「仕事の都合がつきまして、コウさんが出発した翌日、わたしもオーネンを出たんです。今回は北のファトス山脈を抜ける最短ルートで来ました。いわゆる裏道ですね」

「ミリア、あんなところを通ったの!?」

アイリスが驚いたように声をあげる。

「ファトス山脈って、奥のほうは高危険度の魔物がウヨウヨしているはずよ。よく無事だったわね」

「ふふん。わたし、運がいいですから。……というのは冗談として、コウさんのおかげですね」

「……俺？」

いきなり話題の矛先が回ってきたものだから、俺は少し戸惑ってしまう。

「俺が何かしたか？」

「大氾濫《スタンピード》が起こったとき、ファトス山脈の奥に生息している高危険度の魔物もみんなオーネンに押し寄せて、それをコウさんがゴーレムのレーザーで焼き払ってくれましたよね。どかーん！　って」

ミリアはにこやかな表情を浮かべると、両手を大きく広げた。

おそらく、爆発をイメージしたジェスチャーなのだろう。

「あのときに高危険度の魔物は根こそぎ灰になっちゃったみたいです。しかも今のファトス山脈は魔素もかなり薄まっていますから、麓《ふもと》のところにロンリーウルフやパンチラビットやちょこちょこ湧く程度で、山奥に入っちゃうとむしろ安全なんですよね」

「だからフォートポートまでスムーズに来ることができた、ってわけか」

「ですです。――さてさて、わたしの話はこれくらいにしておきましょう。コウさん、この街でも大活躍しちゃったみたいですね！　せっかくですし、ジェス支部長と一緒に話を聞かせてもらっていいですか？」

「ああ、もちろんだ。みんなも構わないか？」

「あたしは大丈夫よ。リリィちゃんは？」

「ええと……」

アイリスの言葉に、リリィはすこし戸惑ったような表情を浮かべる。

「ミリアさんとは初めてお会いしますし、まずは、挨拶をさせてもらっていいですか？」

そういえばリリィは、ミリアとは初対面になる。

だったら、きちんと紹介しておいたほうがいいだろう。

俺はミリアに向かって告げる。

「この子はリリィ・ルナ・ルーナリア、戦神教の神官だ。仲良くしてやってくれ」

「リリィです。よろしくお願いします」

リリィはソファから立ち上がると、ペコリ、と頭を下げた。

それに合わせて、ミリアも小さく一礼した。

「わたしはミリアです。リリィさん、もしかして【戦神の巫女《みこ》】だったりしませんか？」

「……どうして、それを？」

リリィが不思議そうに訊《たず》ねると、ミリアはふふんと自慢げに胸を張った。

「戦神教には光魔法の使い手が多いですから、アンデッドが出現したときは冒険者ギルドから協力を要請することもあるんですよね。その関係もあって、高位の神官さんの顔と名前は暗記しているんです」

「わぁ！　ミリアおねえさん、かしこいね！」

リリィの膝の上で、スララがぴょんと小さく飛び跳ねた。

「じゃあ、ぼくの名前は分かるかな？」

「ええっと……。地下都市にいたおせわスライムさんですよね？」

「うん！　ぼくはスララだよ！　マスターさんに名前をつけてもらったんだ！」

「ふふっ、とっても可愛い名前ですね。あとは……そちらにいるのは、レティシアさんですよね」

ん？

もしかしてミリアとレティシアは知り合いなのか？

「ミリア様、ごきげんよう。以前にお会いしたのは、王都の冒険者ギルド本部でしたわね」

「レティシアさんがCランク冒険者になるときの試験に立ち会って以来ですね」

なるほどな。

DランクからCランクに昇給する場合、王都の冒険者ギルド本部で試験を受ける必要がある。

ミリアはもともと本部で働いていたわけだから、当時、レティシアとも顔を合わせていた……というのは納得できる話だ。

「レティシアさんもコウさんと一緒に旅をしているんですか？」

「ええ、昨日から同行させてもらってますわ」

レティシアは優雅な仕草で頷くと、さらに言葉を続ける。

「それにしても、わざわざ報告に同席なさるなんて、ミリア様はずいぶんとコウ様のことを気に入っているようですわね」

「それはもちろん！　なにせコウさんは期待の超大型新人ですからね！」

期待の超大型新人って、その言葉、久しぶりに聞いたな。

オーネンを出てからというもの《竜殺し》と呼ばれてばかりだったから、なんだか懐かしい気持ちになってくる。


そうして自己紹介も終わったところで、あらためて報告を行うことになった。

まずは俺のほうから、海賊の本隊を討伐しに向かい、そしてフォートポートに戻ってくるまでの出来事について説明していく。

内容に抜けがある場合はアイリスやレティシアが補足してくれたので、話すのはとても楽だった。

俺の話が終わると、ミリアが神妙な表情で呟《つぶや》いた。

「コウさん……。オーネンにいたときよりも規格外っぷりが激しくなってませんか？」

「あたしもそう思うわ」

アイリスがしみじみとした顔つきで頷く。

「新しい船着き場をポンとその場で生み出したり、古代の騎士団を一〇〇〇人以上もまとめて召喚したり、どう考えても人間の枠を超えているわよね」

「コウ様がこれだけの大きな力を手にしながらも、道を踏み外すことなく善良なままでいられるのは、本当に素晴らしいことだと思いますわ。わたくし、素直に尊敬しておりますもの」

「……さすがに持ち上げすぎだ」

俺はぶっきらぼうにそう告げると、話題を変えることにした。

「とりあえず、こっちの報告は以上だ。次は海賊の別動隊についてだな。リリィ、説明してもらっていいか？」

「……はい」

リリィの声は少し硬い。

もともと内気なところがあるから、皆の前で話すことに緊張しているのだろう。

とはいえ、生きていればこういう場面は何度もあるだろうから、練習と思って頑張ってほしい。

リリィはスララと『黎明の騎士団』、そしてさらに地元の冒険者たちとともにフォートポートの街を出発すると、西の街道へと向かったそうだ。

地元の冒険者たちは当然ながらこのあたりの地理に詳しく、裏道や抜け道についてもきっちり把握していた。それらの情報を取り入れつつ、リリィは【予知夢】をもとに『黎明の騎士団』たちを指揮し、海賊の別動隊を一人残らず捕縛したという。

「リリィおねえちゃん、大活躍だったんだよ！」

スララはぷるぷると身体を震わせながら、少し興奮気味にそう言った。

「騎士さんたちにパパパパパッて指示を出して、あっというまに海賊を捕まえちゃったんだ！」

「すごいじゃないか、リリィ」

俺が感心しながら声をかけると、リリィは控えめな口調でこう答えた。

「私だけの力では、無理だったと思います。スラランさんや『黎明の騎士団』のみなさん、地元の冒険者さんたちが手を貸してくれたおかげです。……それに、コウさんは私のことを『信用できる仲間』って言ってくれましたから」

リリィは、まるで大切な宝物の場所を確認するように、ゆっくりと右手を自分の胸元に当てた。

どうやら俺の言葉は、想像する以上にリリィの心に深く響いていたらしい。

なんだか、ちょっと照れくさいな。


報告が一区切りついたところで、次は報酬について話し合うことになった。

ジェス支部長からは億単位の金額の提示があったが、俺はしばらく考えてから、ひとつ、質問を投げかけることにした。

「今回、海賊たちの砲撃で破壊された船は何隻くらいなんだ？」

「そうですね……」

ジェス支部長は右手を銀縁眼鏡に添えて考え込むと、やがてこう答えた。

「あくまで推定ですが、一〇〇隻は下らないと思います。ほとんどが地元の漁船ですが、各地への連絡船もいくつか被害を受けています」

「分かった。じゃあ、俺の報酬はその損害の補填《ほてん》に使ってくれ」

「……はい？」

俺の言葉がよほど意外だったらしく、ジェス支部長は眼を丸くしていた。

驚きのあまり、銀縁眼鏡が耳からずり落ちている。

「いま、何とおっしゃいましたか？」

「エクシード・クルーザーを【創造】するときに、破壊された船の残骸を使わせてもらったからな。タダで貰《もら》うのは申し訳ないし、その代金として報酬を寄付させてくれ」

「コウさんは船着き場を修復してくださったわけですし、それで代金としては十分のような……。いえ、むしろお釣りがくるレベルかと思いますが……」

「船着き場はついでに直しただけだ。気にしなくていい。……ああ、そうだ。オリハルコンロックスって、今後の扱いはどうなるんだ？」

「それについてはわたしが答えますね」

ミリアが小さく手を挙げて言った。

「冒険者ギルドの規則に照らし合わせるなら、海賊の所有物はすべてコウさんのものになります。ただ、オリハルコンロックスはとても大きいですから、もし扱いに困るようでしたら、冒険者ギルド本部のほうで引き取らせていただこうと思います。どうしますか？」

「もしかしたら別のアイテムを作る素材になるかもしれない。ひとまず、俺の戦利品ということにしておいてくれ」

「分かりました。保管場所はどうします？」

おっと。

しまった、そのことをすっかり忘れていた。

「……【アイテムボックス】に入ればいいんだけどな」

さすがにオリハルコンロックスは大きすぎるらしく、収納の対象外となっていた。

容量は無制限だけど、『入口』のサイズには限界があるんだよな。

エクシード・クルーザーの出し入れが可能ということは、少なくとも全長十五メートルまでは大丈夫なのだろう。

だがオリハルコンロックスはその一〇倍以上のサイズだ。

文字どおり、桁が違う。

さて、どうしたものかな。

俺が考え込んでいると、ジェス支部長が言った。

「でしたら、フォートポート支部で保管を引き受けましょう。それをもって報酬の代わりとさせてください」

というわけで、オリハルコンロックスの管理はフォートポートの冒険者ギルド支部に委託することになった。本来ならば委託金を支払うところだが、報酬の代わりということで無料になった。

ありがたい話だ。


ちなみにこれは完全に余談なんだが、いま、俺の財布はものすごいことになっている。

というのもオーネン、トゥーエ、スリエのそれぞれで街の大きな危機を救ったことにより相当額の報酬を渡されているし、メイヤード伯爵からは『命の恩人への返礼』として毎年二億コムサものお金が十年にわたって支払われることになっている。さすがに貰いすぎだと思ったので値切り交渉をしたのだが「その無欲さが気に入った！　五億コムサにしよう！」と言われてしまい、大慌てする事態になったのだ。最終的にはその場にいた執事さんのとりなしで年間二億コムサに戻った。

それはさておき――

俺は日本ではブラック企業に勤めており、毎月、雀《すずめ》の涙ほどの給料しか貰っていなかった。

だから億単位のお金と言われてもピンとこず、どう扱っていいのか分からないのだ。

調子に乗って身を滅ぼすのも怖いし、だったら、街の人たちのために使ってもらうのが一番だろう。経済を回すことにも繋《つな》がる。一石二鳥だ。


話を終え、俺たちが冒険者ギルドの建物を出たのは夕方になってからだった。

街はとてもにぎやかで、住民たちはみな明るい表情を浮かべている。

こういう風景を見ていると、達成感のようなものが胸に込み上げてくる。

街を守ることができて、本当によかった。

「コウ、これからどうするの？」

アイリスの問いかけに、俺は少し考えてからこう答えた。

「まずは宿に行くか。……そういえば、レティシアはどうする？」

俺、アイリス、リリィ、スララの部屋はスカーレット商会を通じてすでに予約をしている。

レティシアが同行することになったのは昨夜からなので、泊まる人数には入っていないんだよな。

「ひとまずコウ様の宿まで一緒に行きますわ。もし部屋が空いていれば自分で取りますし、なければ他のところを探しますわ。どうかご安心くださいまし」

「分かった。それじゃあ、とりあえず出発するか」

「マスターさん、今日はどんなお宿かな？」

「温泉があったら、嬉しいです」

どうやらリリィは温泉がお気に入りらしい。

フォートポートは港町だし、海の見える露天風呂があったら理想的だよな。

第九話　のんびりと夜を楽しんでみた。

俺たちは海と反対方向……街の南東へと向かった。

茜色《あかねいろ》に照らされた坂道を登っていく。

すると、煉瓦《れんが》造りの立派な建物が見えてきた。

「あれが宿かしら？」

「たぶん、そうだろうな」

俺はアイリスの言葉に相槌《あいづち》を打ちながら、建物の看板に眼《め》を向ける。

――『観景亭《かんけいてい》』。

間違いない。今夜の宿はここだ。

場所としては小高い丘の上に位置しており、建物の前で足を止めて背後を振り返れば、眼下にはフォートポートの街並みが広がっている。

「ねえコウ、あっちに展望台があるわよ」

アイリスがそう言って指さした先には、海に向かって張り出すようにして作られた広めのウッドデッキが見える。

今は夕暮れ時だし、景色を眺めるにはちょうどいいタイミングだろう。

少し、寄り道していこうか。

展望台から景色を眺めれば、水平線の向こうに夕陽が沈みつつあった。

海は太陽光を反射し、キラキラと輝いている。

「素敵です……！」

「わぁ！　海、まっかだね！」

リリィとスララは揃《そろ》って感嘆の声をあげた。

ちなみにウッドデッキの周囲は手すりに囲まれており、スララの目線そのままでは何も見えない。

それもあってか、リリィは自分の頭の上にスララを乗せていた。

うっかり転げ落ちることがないように、両手でしっかりと押さえている。

「リリィおねえちゃん、ぼく、重くない？」

「大丈夫です。海、きれいですね」

「うん！　トマトスープみたいでおいしそうだね！」

おいしそう……？

あまりに独特すぎる表現に俺が首を傾《かし》げていると、右隣でレティシアが苦笑しながら言った。

「スララ様はお腹が空《す》いているのかもしれませんわね」

「ああ、なるほどな」

スララはかなりの食いしん坊だし、空腹ともなれば、ついつい食べ物のことばかり思い浮かべてしまうのは仕方のないことだろう。たぶん。

「ところで、レティシアは何をしているんだ？」

「絵心を刺激されましたので、少し、落書きをしていますわ」

レティシアの手元に視線を向けると、彼女はものすごい勢いでスケッチブックに鉛筆を走らせていた。黒鉛筆しか使っていないが、その濃淡だけで夕焼けの色彩をきっちりと表現している。

「上手だな」

「ありがとうございます。そのうちコウ様の肖像画も描かせてくださいませ」

「俺なんて描いても退屈だろう」

「そんなことありませんわ。とても魅力的な顔立ちですもの」

「悪いが、おだてても何も出ないぞ」

「あら、わたくしは正直な印象を言っているだけですわ」

レティシアはクスッと小悪魔っぽい笑みを浮かべると、再び、スケッチに戻る。

まったく、大人をからかうんじゃない。

俺は肩をすくめると、レティシアのそばを離れ、アイリスのところへ向かう。

アイリスはウッドデッキの手すりに寄りかかりながら、静かに街を見下ろしていた。

真紅《しんく》の髪と瞳が夕陽に照らされ、宝石のようなきらめきを放っている。

……その姿に、俺はしばらく見惚《みと》れていた。

「どうしたの、コウ？」

「ああ、いや……なんでもない」

アイリスに話しかけられて、俺はハッと我に返る。

「少し、ぼんやりしていただけだよ」

「もしかして海賊退治で疲れちゃった？」

「かもしれないな」

「コウ、今回も大活躍だったものね。肩でも揉《も》みましょうか？」

「そこまでしなくても大丈夫だ。気持ちだけ受け取っておくよ」

「あら残念」

アイリスは冗談っぽい口調でそう言うと、再び、海のほうへと視線を向けた。

「この海の向こうに王都があるのよね」

「船で五日の距離だったか。かなり遠いよな」

「そうね。……コウの故郷は、たぶん、もっと遠いところよね」

「まあ、な」

俺が異世界から来たことは、まだ誰にも話していない。

とはいえアイリスとも長い付き合いだし、彼女になら理解してもらえるんじゃないか、とも思う。

いずれ機会を見つけて説明してもいいかもな。

……ん？

ふと気づくと、レティシアがやけに温かな視線をこちらに向けていた。

いったいどうしたんだ？

レティシアはなぜか納得顔で深く頷《うなず》くと、スケッチブックを頭上に掲げた。

そこには絵ではなく文字が書かれていた。

俺へのメッセージだろうか？

『お二人の邪魔をするのも申し訳ないですし、わたくしたちは一足先に宿に入っておきますわ』

いや、そんな変な気を回してくれなくていいぞ。

景色も堪能したし、そろそろチェックインするか。


正面玄関を通って『観景亭』のロビーに入ると、従業員たちがズラリと並んでいた。

まるで開店直後のデパートみたいな光景だ。

「コウ・コウサカ様ご一行ですね。ようこそ、『観景亭』へ！」

「海賊を退治してくださり、本当にありがとうございます！」

「かの有名な《竜殺し》さんに宿泊いただけて、従業員一同、心から光栄に感じております。さあ、こちらへどうぞ」

従業員たちから熱烈な歓迎を受けながら、俺たちはロビー奥の受付に向かう。

レティシアの宿泊について相談すると、幸い、俺たちと同じグレードの部屋が空いていた。

「こちらの部屋でいかがでしょうか？」

「ああ、それで大丈夫だ。よろしく頼む」

「承知いたしました。ではお部屋に案内いたします」

俺たちの部屋はいずれも宿の最上階にあった。

部屋割りとしては、俺とスララで一部屋、アイリスとリリィで一部屋、そしてレティシアが一部屋となり、合計で三部屋だ。

「部屋で少し休んだら、ロビーに集合して食事に行くか」

「分かったわ。身支度もあるから、三十分くらい後でどう？」

「俺はいいぞ。リリィとレティシアはどうだ？」

「大丈夫、です」

「わたくしも問題ありませんわ。スララ様は？」

「ぼくは二十四時間いつでも元気いっぱいだよ！　ふるぱわースライム！」

「じゃあ、三十分後にロビーだな」

俺はそう言って話をまとめると、スララを連れて部屋に入った。

部屋はスイートルームだ。

寝室だけでなく、キッチンや応接間、さらにシャワールームも付いている。

ちなみに宿の露天風呂は屋上にあり、街全体を一望できるようだ。

どんな景色なのか気になるし、これは要チェックだな。

そんなことを考えつつ、寝室のベッドに寝転がる。

「ふう……」

俺がうつぶせになって休憩していると、その背中にスララがぽふんと飛び乗った。

「マスターさん、マッサージしてあげるね！」

「そうだな、頼んでいいか？」

「うん、まかせて！　いくよー！」

スララはやる気たっぷりの声を響かせると、俺の肩を揉み始めた。

うおっ……！

ガゴギッ！　ガキゴギバキッ！

バゴギッ！　ギガギゴバギッ！

もはや人間とは思えないレベルの破砕音が、俺の肩関節から鳴り響く。

以前、トゥーエでもスララにマッサージしてもらったことがあったが、そのときよりも音が激しい。

激戦に次ぐ激戦のせいで肩凝りが悪化したのかもしれない。

「マスターさん！　これ、肩だけじゃなくて、腰とか、背中全体をほぐしたほうがいいよ！」

「ついでにやってもらっていいか？」

「もちろん！　おせわエネルギー、全開だよ！」

うおおおおっ……！

背中が、いや、身体全体がバラバラになりそうだ……。

けれど不思議と痛くない。むしろ気持ちがいい。

凝り固まっていた筋肉がほぐれたことで血行が良くなり、身体がポカポカしてくる。

布団を被《かぶ》っているわけでもないのに、毛布の中にいるような感覚だ。

「ふぁ……」

思わず、あくびが漏れた。

「ありがとうな、スララ。かなり楽になってきたよ」

「わーい！　うれしいな！」

スララは無邪気に喜ぶと、さらに言葉を続ける。

「マスターさんはぼくを地下都市から連れ出してくれたからね！　その恩返しだよ！」

スララは古代文明のテクノロジーによって生み出された魔導生物であり、本来、地下都市の外に出ることは許されていなかった。

しかし、俺がシステムを書き換えたことによって制限が解除され、こうして一緒に旅をしている。

「マスターさん。ぼく、毎日がとっても楽しいんだ！　今日は生まれて初めて海を見たけど、海って、ただの水じゃないんだね！　太陽の光でキラキラ光って、すっごくきれいだったよ！」

「それは昼の海だな。夜は夜でまた違う風景になるぞ」

「わあ、すごい！　見に行きたいな！」

「じゃあ、夕食は港のほうで食べるか」

「うん！　たのしみ！」

スララは興奮しているらしく、さらに熱心に俺の身体を揉んでいく。

まるで全身が溶けていくような心地よさのなかで、いつしか俺は眠り込んでいた——。

「マスターさん、マスターさん」

ゆさゆさ、ゆさゆさ。

「時間だよ。起きないと遅刻しちゃうよ」

「ん……？」

スララに揺さぶられて、俺は目を覚ます。

時計を見れば、アイリスたちとの待ち合わせの時間が近づいていた。

「よく寝たな……」

眠っていたのは短い時間だったが、疲労感は完全に消え失《う》せていた。

身体が軽い。十歳は若返ったような気分だ。

「スララ、マッサージありがとうな。かなり楽になったよ」

俺はお礼の気持ちを込めてスララをぽんぽんと撫《な》でた。

「えへへ！　マスターさんにほめてもらったよ！」

俺は上機嫌のスララを連れて部屋を出る。

階段を下りて一階のロビーに向かうと、談話スペースのところにアイリス、リリィ、レティシアの姿があった。

三人ともソファに座り、楽しそうに談笑している。

なんとも華やかな光景だ。

「あっ、コウ。こっちよ、こっち」

アイリスが俺に気づいて、軽く右手を挙げた。

「悪い、待たせたか？」

「ううん、大丈夫よ」

そう言って首を振るアイリスの手元には、レティシアのスケッチブックがあった。

「いま、レティシアが描いた絵をリリィちゃんと一緒に見ていたの」

「それは面白そうだな。俺も見せてもらっていいか？」

「レティシア、どう？」

「もちろん構いませんわ。ぜひご覧になってくださいまし」

レティシアは優雅な仕草で頷いた。

その堂々とした態度からは、自分の作品というものに対する強い自信が窺《うかが》えた。

俺はスケッチブックを受け取ると、表紙をめくった。

レティシアの絵は、そのほとんどが街に暮らす人々を描いたものだった。

市場で呼び込みをする露天商、酒場で歌い踊る冒険者、道端で話し込む主婦たち――。

どれもこれも温かみのあるタッチで描かれており、レティシアの優しい人柄が滲《にじ》み出ていた。

「……ん？」

最後のページに描かれていたのは、不思議な絵だった。

穏やかな日差しの中で、一匹の竜が身体を丸めて眠っている。

その表情は幸せそうだ。

竜の背中では小鳥が一列に並んで歌い、顔の近くでは猫が何匹も集まって会議を開いている。

さらに、動物だけでなく、人の姿も多い。

竜の鱗《うろこ》を丹念に磨く女性、尻尾に凭《もた》れて本を読む老人、周囲を駆けまわる子供たち――。

そこに描かれているのは、とてものどかな光景だった。

眺めているだけで、ほっこりとした気持ちにさせられる。

「レティシア。この竜って――」

もしかして災厄か。

俺はそう言おうとした。

だが、直前でハッと閃《ひらめ》きのようなものが浮かんで、別の言葉を発していた。

「もしかして、弟の強欲竜か？」

なぜそう思ったのかは、自分でもうまく言葉にならなかった。

絵の風景から、竜への深い愛情を感じたせいかもしれない。

レティシアはしばらく俺のことを見つめ、深青色の眼をパチパチと何度も瞬《まばた》きさせていたが、やがてゆっくりと口を開いた。

「ええ、そのとおりですわ。よくお分かりになられましたわね」

「ただのカンだよ」

今回に限っては、謙遜でも何でもなく、本当にただの直感だった。

俺自身、正解だったことに驚いているくらいだ。

「コウ様、この竜に見覚えはありませんこと？」

レティシアとしては、おそらく、弟の手掛かりを求めての質問だったのだろう。

「いや……。記憶にない、と思う」

残念ながら、この竜を見たことはない。

見たことはないはずだが——

なぜか、絵に描かれている光景がやけに懐かしく感じられた。


そのあと、俺たちは宿を出て、夕食の店を探すことにした。

せっかくの旅行なのでフォートポートならではのメニューを食べたいところだ。

「この街の名物って、何があるんだ？」

俺の問いかけに、アイリスがグルメガイドを開きながら答えた。

「この本には『海船パエリャ』って書いてあるわ。海鮮じゃなくて海船ね」

「パエリャってなんだ？」

「コメをサフランとスープで炊き込んだ郷土料理らしいわ。サフランの黄色が特徴みたい」

ああ、なるほどな。

俺のもともといた世界で言うなら、スペイン料理のパエリアにあたるものだろう。

黄色い米って、やたらと旨《うま》そうに見えるよな。

想像するだけで腹が減ってくる。

そしてなぜ海鮮ではなく海船なのかといえば、パエリャを船を模した器に盛りつけるからだそうだ。要は海鮮パエリアの船盛りだ。

ちょっと面白そうだな。

その話を聞いて、リリィとスララがぱあああっと眼を輝かせた。

「私、興味があります……！」

「ぼくも食べてみたいよ！　えびさん！　たこさん！　いかさん！」

……というわけで、今日の夕食は海船パエリャになった。


フォートポートの街で海船パエリャを出しているレストランは複数ある。

俺たちが入ったのは、港の近くにある『香蘭亭《こうらんてい》』という店だった。

ここはグルメガイドでもイチオシになっており、店の中央にはステージが設けられている。

ステージの上ではシェフが巨大なフライパンを前にして調理を行っていた。

フライパンの大きさは直径五メートルを超えている。

シェフは【力持ち】スキルの持ち主であり、その剛腕によってパエリャをかき混ぜているそうだ。

「すごい迫力だな……」

俺たちが案内された席は二階にあり、そこから一階のステージを見下ろすことができた。

これなら食事が来るまで退屈せずに済みそうだな。

ステージを眺めているると、ほどなくして五人分の海船パエリャが運ばれてきた。

船を模した器いっぱいに黄色い米が盛りつけられ、海産物はエビやイカ、タコ、さらには貝類などがふんだんに使われている。

「豪華だな……！」

俺は思わず声をあげた。

サフランのさわやかな香りがフワッと漂ってきて、食欲がそそられる。

腹の虫も騒ぎ出したことだし、食べるとしよう。

いただきます。

「おお……！」

これは旨い。

ついつい、感嘆のため息が漏れた。

日本の米と違って粘りは少ないが、それが口当たりのよさに繋《つな》がっている。魚介のスープがよく染み込んでおり、サフランの風味もあいまって、米だけでも無限に食べることができそうだ。

海産物、とくにエビやタコの歯応えは抜群で、これがいいアクセントになっている。

エビは殻付きだったが【器用の極意】のおかげでパパッと手早く剥《む》くことができた。

ふと、リリィのほうを見れば、エビの殻剥きに苦戦していた。

「もしよかったら、代わりに剥くぞ」

「……お願いしてもいいですか？」

「ああ。任せてくれ」

俺はリリィの船盛りにのっているエビを片っ端から丸裸にしていく。

その光景を見て、レティシアがクスッと笑った。

「ふふっ、まるで兄妹《きょうだい》みたいですわね」

「ちょっと歳《とし》が離れすぎてるけどな」

「あら、コウ様はおいくつでして？」

「二十九歳だ。もうすぐ三十歳だよ」

「……冗談でしょう？」

レティシアは意外そうな表情を浮かべると、目を丸くしてパチパチと瞬きを繰り返した。

「てっきり二十三、四歳くらいかと思っていましたわ」

「やっぱりそうよね。あたしもコウの年齢を聞いたときはビックリしたもの」

アイリスが、うんうん、と頷く。

「コウってくたびれた感じがないから、若々しく見えるのでしょうね」

そうは言っても、肩や腰はかなり凝りがちだけどな。

さっきスララにマッサージしてもらったときは、関節からものすごい音が鳴っていた。

年齢は見えないところに忍び寄ってくるのかもしれない。


「パエリヤ、すっごくおいしかったよ！　マスターさん、連れてきてくれてありがとう！」

食事のあと、スララは満足そうな顔でそう言った。

「船に盛りつけるというのは面白いアイデアでしたわね」

「また、食べたいです……！」

俺たちは食後の余韻に浸りながら、のんびりと会話を交わす。

個人的には場所を変えて酒でも飲みたい気分だが、さて、どうするかな。

そんなことを考えていると、ふと、アイリスと眼が合った。

アイリスはこちらの様子を窺うように視線を投げかけると、右手で、ワイングラスを持ち上げるようなジェスチャーをした。

どうやら俺と同じく、飲みたい気分のようだ。

他の三人はどうだろうか……と思っていたら、レティシアが席を立ちながら言った。

「さて、わたくしは先に宿に戻らせてもらいますわ。屋上の露天風呂、楽しみにしていますの。リリィさんも一緒にいかがでして？」

「……えっと」

リリィは俺とアイリスを交互に見たあと、レティシアのほうを向いて頷いた。

「はい。私も、行ってみたいです」

「ぼくも宿に帰るよ！　なんだか眠くなってきちゃった！」

「じゃあ、あたしたちも――」

と、アイリスが言いかけたところで、レティシアが口を開いた。

「ふふ、無理にわたくしたちに合わせる必要はありませんわ。せっかくですし、海の見えるバーにでも寄ってきてはいかがかしら。お二人とも、飲みたそうな顔をしていらっしゃいますわよ。ねえ、コウ様」

「まあ、な。……それじゃあ、お言葉に甘えさせてもらっていいか？」

「もちろんですわ。リリィ様とスララ様はちゃんと宿に連れて帰りますので、ご安心くださいませ。

もしも不審者が出たら、正義の鉄拳で夜空の流星に変えてやりますわ」

それは頼もしい……というか、頼もしすぎて逆に心配だ。

レティシアが全力で殴りかかったら、悪人は間違いなく夜空の星になってしまうだろう。

ともあれ、ここで俺たちは二手に分かれることになった。

俺とアイリスは、レティシアたちが宿へ戻るのを見送った後、近くのバーへ向かった。

バーの名前は『鴎《かもめ》の隠れ家』。その名前のとおり、海の近くにひっそりと佇《たたず》んでいる。

店に入ると、カランカラン、とドアに取りつけられたベルが鳴った。

「……いらっしゃいませ」

バーのマスターは口数の少ない大柄の男性だった。

両腕の筋肉は逞《たくま》しく、肌は浅黒く焼けている。

元・船乗り……といった雰囲気だ。

「こちらへどうぞ」

案内されたのは奥の席だった。

壁の一部がガラス張りとなっており、フォートポートの海を一望することができた。

「いい景色だな」

「ありがとうございます。本日はお疲れでしょう。どうぞ、ごゆっくり」

マスターは俺が《竜殺し》であると気づいているようなそぶりだったが、あえてそれを口にすることなくカウンターに戻っていった。

のんびり飲めるように気を遣ってくれたのかもしれない。

ありがたい話だ。

「ねえコウ。あれって、オリハルコンロックスよね」

アイリスは窓の向こうを指さした。

フォートポートの港の端に、一隻の戦艦が停泊している。

オリハルコンロックス。

古代文明のテクノロジーによって作られた大型の戦艦だ。

もともとは海賊たちが乗っていたが、現在は俺の所有物となっている。

あまりに巨大すぎるせいで【アイテムボックス】に入りきらず、こうして港の一角に間借りさせてもらっていた。

オリハルコンロックスは街の灯《ひ》で橙色《だいだいいろ》に照らされながら、ひっそりと夜の海に浮かんでいる。

今日のことを振り返りながら酒を飲むなら、ぴったりの風景かもしれないな。

俺はそんなことを考えながらマスターを呼び、注文を済ませる。

ちょうど、おすすめの赤ワインが冷えているそうなので、それを持ってきてもらった。

「それじゃあ、乾杯」

「乾杯」

お互いにグラスを軽く掲げてから、ワインを味わう。

「なんだか潮の香りがするわね」

「甘くて飲みやすい。面白い味だな」

マスターの話によると、このワインは海の近くにある砂丘で育てたブドウを原料に使っているらしい。砂丘は朝夕で寒暖差が大きいため、甘いブドウが育ちやすく、フォートポートの隠れた名物になっているそうだ。

ゆったりとワインを楽しんでいると、アイリスがしっとりとした口調で呟《つぶや》いた。

「コウと二人で飲むのって、旅に出てから初めてよね」

「……確かにな」

俺は頷く。

言われてみればそのとおりだ。

トゥーエやスリエではリリィやスララを連れての行動ばかりだったから、アイリスと二人きりのシチュエーションというのは新鮮に感じられる。

いや、懐かしいというべきか。

オーネンにいたころは、毎日のように二人でクエストやら食事やらに行ってたしな。

なんだか、当時に戻ったような気分だった。

「旅が始まったときに比べると、ずいぶんと人数が増えたよな」

「デストにスララちゃん、それからリリィちゃんにレティシア——」

アイリスは、レティシアの名前を呟いたところで、ふっと眼を細めた。

視線を海のほうに向けて、小さくため息をつく。

その表情には憂いの色が微《かす》かに浮かんでいた。

本人は隠そうとしているようだが、俺には分かる。

「何か悩みでもあるのか？」

「ううん。大したことじゃないわ」

アイリスは小さく首を横に振ると、グラスに残っていたワインを飲み干した。

かなりの量だったが大丈夫だろうか。

アルコールが回り始めたらしく、その頬《ほお》にはうっすらと朱色が差している。

「ええと、ね」

そう言ったきり、アイリスはしばらく黙り込んでしまった。

紅色の瞳は、俺と窓の向こうの景色を行ったり来たりしている。

まるで、次に口にするべき言葉を探しているようだった。

「話しにくいことなら、無理はしなくていいからな」

俺がそう告げると、アイリスはふっと口元を緩めた。

「コウは優しいわね」

「どうだろうな。ただ、アイリスに対しては親切でありたいと思っているよ」

「ふふ、ありがとう」

アイリスは視線をゆっくりと俺に向けると、こう告げた。

「今日の海賊退治のことだけど、少しだけ、レティシアが羨《うらや》ましかったの」

「羨ましい？」

「あの船に、コウと二人で乗り込んでいったでしょう？」

アイリスは右手の人差し指で、窓の外を指し示す。

そこにはオリハルコンロックスが静かに浮かんでいた。

「砲台を潰《つぶ》したり、海賊たちに【支配】をかけたり——レティシア、すごく活躍していたわよね」

「ああ。かなり張り切ってたな」

「それに比べると、あたし、今回はあんまりコウの役に立てなかったな、って」

「俺の……？」

まさか自分の名前がここで出てくるとは思っていなかったので、つい、戸惑ってしまう。

アイリスは何度か瞬きして、長い睫毛《まつげ》を揺らすと、言葉を続けた。

「あたし、コウにはたくさんの恩があるわ。前も言ったけれど、ブラックスパイダーに殺されかけたとき、あなたが助けに来てくれたのが本当に嬉《うれ》しかったの。それまではずっと、この世界に自分の味方なんていない、って思っていたから」

「今はどうなんだ？」

「昔ほど絶望してないわ。だって、ここに物語のヒーローみたいな人がいるもの」

アイリスが、チラリと横目で俺のことを見た。

ヒーローか。

あらためて正面からそう言われると、少しこそばゆいものがある。

俺は照れ隠しのようにグラスを手に取ると、残りのワインを飲み干した。

喉の奥がカッと熱くなる。

思わず、ふう、とため息が出た。

そんな俺を眺めながら、アイリスが言う。

「ブラックスパイダーのときだけじゃないわ。そのあともコウはあたしのことを何度も助けてくれたし、色々なものを与えてくれたわ。こうして一緒にいて、居場所になってくれていることもすごく感謝しているの。だから、少しでもその恩を返したいのだけど……コウは一人で何でもできるし、なかなか難しいわね」

アイリスは目を伏せると、小さく肩を落とした。

こんなふうに弱音を吐く姿を俺に見せるのは、今回が初めてかもしれない。

ある意味、心を開いてくれている証拠かもしれないな。

さて、どう答えたものだろうか。

表面的な慰めの言葉なんて、きっとアイリスは求めていないだろう。

むしろここは俺の素直な気持ちを伝えたほうがよさそうだ。

しばらく考えてから、ゆっくりと口を開く。

「アイリスは、ちゃんと役に立っている。今回だって、助けになっていたよ」

「……そう、なの？」

信じられない、と言いたげな様子でアイリスが訊《き》き返してくる。

俺はそんな彼女をまっすぐに見つめながら告げた。

「もしもドクスのやつが街への攻撃を始めたとしても、結界があればすべて防ぐことができる。それが分かっていたから、強気で攻め込むことができたんだ」

「頼りにしてくれてた、ってこと？」

「ああ。今回だけじゃない。黒竜や暴食竜のときだって、アイリスがいたから生き残れたし、街を守ることができたんだ。いつもありがとうな。感謝してるよ」

「……そう」

アイリスは、ふっ、と口元を緩めた。

「ちゃんと役に立ってるのね、あたし」

「当然だろう？」

「それなら、よかったわ」

安心したように呟くと、アイリスは空になったワイングラスを掲げた。

「おかわり、貰《もら》っていい？」

「もちろん」

俺はワインボトルを右手で持つと、アイリスのグラスに注いだ。

そういえば俺のグラスも空になっているな。

「注《つ》ぎましょうか？」

「ああ、頼む」

俺が頷くと、アイリスはワインボトルを両手で抱え、グラスの半分くらいまで注いでくれた。

「量はこれくらいでいい？」

「そうだな。……じゃあ、あらためて、乾杯」

「ええ、乾杯」

お互いにグラスを掲げる。

酔いが回ってきたせいか、いい気分だ。

「これは故郷の話なんだが——」

ふと気がつくと、俺はそんなことを口にしていた。

酒のせいで口が軽くなっているのかもしれない。

昔のことなんて、普段なら誰にも言わないはずなんだけどな。

今夜は少しだけ語りたい気分だった。

「俺の暮らしていたところには古代文明のようなテクノロジーが当たり前のように存在していて、俺はそこで遺跡のシステムみたいなものを作っていたんだ」

俺の働いていた会社はIT系の事業を中心に据えていたから、説明としてはそう間違っていないはずだ。古代文明って、現代の日本に近いところがあるしな。

アイリスのほうを見れば、興味深そうに俺の言葉に耳を傾けている。

よかった。

どうやら退屈はしていないらしい。

俺は小さく安堵《あんど》しつつ話を続けた。

「あれは一年前だったかな。システムのエラーに対処するための人間がまとめてクビになったんだ。上層部としては『エラーが起こってないんだから、そいつらがいなくなっても問題ない』って考えだったらしい」

「……なんだか悪い予感がするわ」

「大正解だ」

俺はアイリスの言葉に頷く。

「それからしばらくしてシステムがエラーを起こしたんだが、対処するためのメンバーはクビになってたから、事態が収拾するまでかなりの時間が必要になった。あのときは大変だったよ」

「もしものときに備えておくのは大事、ってことね」

「ああ」

俺は深く頷いた。

上の人間が現場を理解していないせいで起こる悲劇というのは世の中に色々と転がっているものだが、いまの話はその典型例だと思う。

「今回の海賊退治で言うなら、アイリスがその『もしものときへの備え』だな。信用している相手にしか任せられない、大切な役割だよ」

「……ふふ、ありがとう」

アイリスが笑みを零《こぼ》した。

「なんだか気を遣わせちゃったかしら」

「別に、そういうわけじゃないさ」

俺は首を横に振ると、視線を窓の外へと向けた。

穏やかに揺らめく夜の海を眺めていると、アイリスが言った。

「コウが自分のことを話すのって、かなり珍しいわよね」

「そうか？」

「ええ」

アイリスは小さく頷くと、こちらを向いた。

赤色の瞳が宝石のように輝いている。

「コウがどこで生まれて、どんなふうに育って、何をしていたのか。今まではほとんど教えてくれなかったでしょう？」

「俺の身の上話なんて、あんまり面白いものじゃないぞ」

謙遜気味にそう言うと、アイリスは首を横に振った。

「そんなことないわ。あたし、コウのことを知りたいもの」

「……それは光栄だな」

俺は短く答えると、ワイングラスを傾けた。

芳醇《ほうじゅん》な香りが鼻腔《びこう》をくすぐる。

もう少し踏み込んだ話をしても、大丈夫だろうか。

「俺の故郷は、とても遠いところにあるんだ」

「前にもそう言ってたわよね」

懐かしむような口ぶりでアイリスが言った。

「海の向こうかしら」

「いや、もっと遠くだ」

俺はワインに少しだけ口をつけ、口の中を潤してから答える。

「海の向こうというか、この世界の外だな」

「外……？」

「まるっきり別の世界と考えてくれ。魔物も災厄もいなければ、スキルも魔法も存在しない。そんな場所だよ。……俺はある日突然、何の前触れもなく、この世界に飛ばされてきたんだ。スキルもいつのまにか備わっていた。ウソみたいな話だろう？」

「そうね。……でも、信じるわ」

アイリスはこちらを向き直ると、深く頷いた。

赤色の瞳が、まっすぐにこちらを見つめている。

視線を逸《そ》らすことなく、俺に告げた。

「たとえ今の話がすべて嘘《うそ》だったとしても構わない」

まるで一世一代の告白のような、あるいは、人生を懸けた決意表明のような――。

迷いというものがまったく存在しない口調で、アイリスは言い切った。

「あたしは、コウになら騙《だま》されてもいいと思うもの」


俺は会計を済ませると、アイリスを連れてバーを出た。

海が近いせいか、風に乗って潮の香りが漂ってくる。

「アイリス、さっきの話、信じてくれてありがとうな。……酒のせいで、色々と喋《しゃべ》りすぎた」

「そんなことないわ。コウが自分のことを教えてくれて、あたし、すごく嬉しいもの」

アイリスはそう答えると、弾《はじ》けるような笑顔を浮かべた。

こちらを見上げてくる視線が妙にくすぐったい。

「コウはいつか自分の世界に帰るつもりなの？」

「まさか」

俺は肩をすくめながら即答した。

「俺の居場所はここにある。帰れと言われても、帰るつもりはないさ」

「……よかった」

アイリスが安堵のため息をつく。

「もしコウがいなくなったら……なんて、そんなの、想像するだけで悲しくなるもの」

「大丈夫だ。俺はみんなと一緒にいるよ」

星空の下、港を二人で歩く。

俺は右側、アイリスは左側。

ふとしたとき、俺の左手の甲と、アイリスの右手の甲が触れ合った。

「……」

「……」

すでに夜も更けているせいか、周囲に人の姿はない。

二人きりだ。

俺はアイリスを、アイリスは俺を見た。

お互いの視線が、ちょうど中間地点でぶつかる。

「ねえ、コウ」

アイリスの、薄桃色の唇が俺の名前を呼ぶ。

そして――

第十話　ミリアの依頼を受けてみた。

突如として、地震が起こった。
幸い、地震はそれほど大きなものではなかった。
俺の体感としては通勤電車の揺れと同じくらいだ。
ちょっと足を踏ん張れば、転ぶことなく耐え切れる。
ただ、アイリスは酔っていたこともあってか、身体のバランスを崩してしまう。
そのまま俺のほうへと倒れ込んできた。
「きゃっ！」
「おっと」
俺は両腕でアイリスを受け止める。
……細い。そして軽い。
その身体はとても華奢《きゃしゃ》に感じられた。
アイリスが女性であることを、あらためて認識させられる。
ほどなくして揺れはピタリと止まった。
時間としては五秒にも満たない。

この程度の地震だったら、津波についての心配は不要だろう。

「アイリス、大丈夫か？」

「う、うん……」

アイリスは俺に全体重を預けるような形で寄りかかっていたが、やがて、ゆっくりと姿勢を立て直す。

「ありがとう、助かったわ」

「別に構わないさ。足、捻《ひね》ってないよな」

「……うん、平気みたい」

アイリスは左右の足の動きを片方ずつ確かめると、俺のほうを向いて言った。

「それにしても、コウの腕って、見た目よりもずっと太いのね」

「そうなのか？」

「ええ。想像以上に逞《たくま》しくてビックリしたわ」

「これまで何度も激戦を切り抜けてきたからな。嫌でも鍛えられるさ」

「男らしくっていいんじゃない？」

「まあ、悪いことじゃないよな」

俺たちはいつもどおりの軽い調子で言葉を交わしながら、宿へと歩き始めた。

その途中で【フルアシスト】が起動し、無機質な声を脳内に響かせる。

地震の分析が完了しました。

震源地は北西約二百キロメートルに位置する火山島です。

今回の地震による津波の心配はありません。


まるで緊急地震速報みたいなメッセージだな。


「おやすみなさい、コウ。今日は楽しかったわ」

「ああ、俺もだ。また行こう」

「うん。約束よ」

宿――『観景亭《かんけいてい》』に戻ると、俺たちはそんな言葉を交わして別れた。

俺の泊まっている部屋と、アイリスの泊まっている部屋は、ちょうど向かい合わせの位置にある。

自分の部屋に入ってドアを閉めるとき、なんとなく名残惜しい気持ちになってチラリとアイリスの部屋のほうに視線を向けると、ちょうどアイリスと眼《め》が合った。

どうやらお互いに同じようなことを考えていたらしい。

「またね」

「またな」

もう一度だけ言葉を交わして、ドアを閉める。

「……ふう」

わずかなもの寂しさを胸に抱えつつ、俺は寝室へと向かう。

スララは先に部屋に戻っているはずだが、どう過ごしているだろう。

「くぅ……。すぴー。おふとんおいしい……もぐもぐ……」

ぐっすりと眠っていた。

ちなみに布団を食べているわけではない。

ただの寝言だ。

「……ずいぶん気持ちよさそうに寝ているな」

この様子だと、地震にも気づかず眠っていたのではないだろうか。

起こすのも可哀想《かわいそう》なので、俺は音を立てないように気をつけながら風呂などを済ませてベッドに入った。

今日は色々なことがあった。

フォートポートに着いてみれば、海賊のせいで街は存亡の危機に陥っていた。

海賊団のボスが元傭兵《ようへい》のドクスだった、というのは驚きだった。

人生、いつ何が起こるか分からない……ってのは本当だよな。

海賊退治を終えて街に戻ると、そこにはミリアの姿があった。

オーネンにいたころと変わらない明るい笑顔は俺の心をホッと温かくしてくれた。

そのあとは宿でスララにマッサージをしてもらい、夕食を食べに出かけた。

名物の海戦パエリヤは旨《うま》かったな。

見た目のインパクトもかなりのものだったし、もしもこの世界にSNSがあれば写真をアップロードしていただろう。

あとは――

ワインを飲みながらのことではあったが、アイリスには俺が別の世界から来たことを話した。

おかしな人間と思われるんじゃないか、という不安はあったものの、アイリスは「コウになら騙《だま》されてもいい」とまで言ってくれた。

よほど俺のことを信頼してくれているのだろう。

本当にありがたい話だ。

それでは、おやすみなさい。

「……アイリス、細かったな」

手にはまだ彼女の身体を受け止めたときの感触が残っているような気がした。


翌朝、目を覚ました俺が洗面台に向かうと、スララが鏡の前でポーズを取っていた。

「よーし、今日もぼくはまんまるだね！　……あっ、マスターさん、おはよう！」

「おはよう、スララ。よく眠れたか？」

「うん！　朝までぐっすりだったよ！」

スララは、ぺかーと輝くような笑顔を浮かべる。

昨夜の地震について訊《き》いてみると、まったく覚えがない、という答えが返ってきた。

「ぼく、部屋に戻ってすぐに眠っちゃったんだ！　だから気づかなかったのかも！」

「それならいいんだ。無事で安心したよ」

俺は、ぽんぽん、とスララの頭を撫《な》でる。

「えへへ！　マスターさんの手、あったかいね！」

「そうか？」

「うん！　なんだか安心するよ！　わーい！」

スララは機嫌良さそうに身体をプルプルと震わせた。

そのあと身支度を整え、部屋を出る。

一階のロビーに下りていくと、そこにはアイリスとリリィの姿があった。

「おはよう、コウ。スララちゃん」

「おはようございます。コウさん、スララさん」

「アイリスおねえさん、リリィおねえちゃん、おはよう！」

「二人とも、おはよう」

俺は右手を挙げてアイリスとリリィに挨拶する。

「あとはレティシアだけか」

「そうね。彼女、朝はかなり弱いんだけど大丈夫かしら」

「ご心配には及びません。いま、到着しましたわ」

おっと。

気がつくと、いつのまにかレティシアが俺の右隣に来ていた。

「皆様、おはようございます。お待たせして申し訳ございません」

「いや、大丈夫だ。俺とスララは今さっき着いたばかりだしな」

そもそもの話として、集合時刻にはまだ十五分くらい余裕がある。

全員が早めの集合を達成しているあたり、なかなか優秀なパーティではないだろうか。

「みんな揃《そろ》ったな。じゃあ、まずは朝食にするか」

俺たちは宿を出ると、すぐ近くのカフェに入った。

案内されたのは屋外の展望席で、遠くに眼を向ければ、朝の街並みとフォートポートの海が広がっている。ただ、残念なことに空は黒い雲に覆われていた。

料理はすぐに運ばれてきた。

俺が注文したのはサーモンとクリームチーズのパンケーキだ。

パンケーキの横には、とろけそうな色合いのアボカドも添えられている。

とても旨そうだ。

俺は左手にフォークを、右手にナイフを持ち、パンケーキを食べ始める。

「……おお」

思わず、感嘆のため息が漏れる。

見た目以上の味だった。

サーモンはみずみずしく、クリームチーズは濃厚だ。

そのうえパンケーキもふわふわなものだから、食べ終わるのがもったいなく感じる。

百点満点の朝食だ。

ちなみに他の四人だが、アイリスは俺と同じサーモンとクリームチーズのパンケーキを注文していた。リリィとレティシアはたまごサンドイッチ、スララはフライドポテト付きのハンバーガーだ。

皆、味には大満足だったらしく、食後は幸せそうな表情を浮かべていた。

サービスで付いてきた紅茶のカップを傾けながら海を眺めていると、アイリスが言った。

「船、ぜんぜん出てないわね」

言われてみればそのとおりだ。

ここは港町だというのに、海には船の姿がほとんどない。

小舟がいくつか浮かんでいるだけだ。

昨日、海賊たちの砲撃によってフォートポートの港は徹底的に破壊された。

そのせいで大きな船は一隻も残っていないのだろう。

「……王都行きの船って、ちゃんと出るのかしら」

「ちょっと怪しいところだな」

俺がそう答えると、横からレティシアが言った。

「海賊退治のときに使った船で行くのはいかがでして？」

「エクシード・クルーザーのことか？　……まあ、可能といえば可能だな」

「その言い方からすると、何か問題がありそうですわね」

「あの船には寝泊まりできるスペースがないんだ。夜は船内のキャビンで雑魚寝になる」

エクシード・クルーザーの航行速度はかなりのものだが、その代わり、居住性が少しばかり犠牲になっている。

日帰りのクルージングならともかく、泊まりはちょっと辛《つら》い。

俺としては、できれば客室付きの船でのんびり過ごしたいところだ。

「まあ、スケジュールにはまだ余裕がある。エクシード・クルーザーは最後の手段として、まずは船の運航状況を確認しないか？」


というわけで、俺たちは食後、客船の受付事務所へと向かった。

その場にいた職員に訊《たず》ねてみたが、どうやら次に王都へ向かう連絡船は海賊に破壊されてしまったらしい。代わりの船を手配しているが、出発には八日ほどかかるらしい。

王都での表彰式にはまだ二十日ほどの猶予があるので、八日間だったら待てるな。

フォートポートにはカジノもあるし、観光スポットも多い。

しばらく遊んで暮らすのもアリだな……などと考えながら受付事務所を出ると、ちょうどそこでミリアに出くわした。

「あっ、コウさん。ちょうどいいところに！」

「どうした？」

「さっき衛兵さんから報告があって、海賊が古代兵器を見つけた場所が判明したんです。ちょっと長話になりますし、冒険者ギルドまでお越しいただけませんか？　おやつもありますよ」

おやつは楽しみだな。

実は朝食、ちょっと足りなかったんだ。

俺たちはミリアに案内され、冒険者ギルドの談話室へと足を踏み入れた。

部屋の広さは支部長室と同じくらいで、テーブルを囲むようにして大きめのソファが四つ置かれている。

俺たちがソファに腰掛けると、ミリアは「おやつを取ってきますね」と言って部屋を出た。

ほどなくしてミリアは左手に何枚かの小皿を、右手にアップルパイをのせた大皿を持って戻ってきたのだが——

「きゃあっ!?」

床に躓《つまず》いて、前のほうへとつんのめってしまう。

転びはしなかったものの、その衝撃でアップルパイが皿からポーンと飛び出してしまう。

俺は咄嗟《とっさ》に《神速の加護ＥＸ》を発動させ……ようとしたが、先にスララが動いていた。

「おやつをまもるよ！　……もぐもぐ、ごっくん！」

ええと。

何が起こったかと言えば、スララは大きく口を開けてアップルパイをキャッチすると、それをまるごと食べてしまったのだ。

まさかの展開に、俺を含めた全員が目を丸くしていた。

「ミリアおねえさん！　これ、すっごくおいしいね！」

周囲の反応など気にした様子もなく、スララは満足そうな笑顔を浮かべている。

「ねえねえ、おかわりあるかな？　マスターさんたちにも食べてほしいよ！」

「ええと……は、はい。あと五枚ありますよ。持ってきますね」

五枚もあるのか。

それはそれで驚きだ。

ミリアはパタパタと応接室を出ると、今度は慎重な足取りでアップルパイを運んでくる。

「コウさん、切り分けてもらっていいですか？　わたしがやると不揃いになっちゃいそうで……」

「分かった。任せてくれ」

俺はミリアからナイフとフォークを受け取る。

すると【器用の極意】が発動した。

ここにいるのは俺、アイリス、リリィ、レティシア、スララ、そしてミリアの六人だ。

アップルパイのサイズは大きめのホールケーキほどあるので、十二等分にしておこう。

「コウさん、やっぱり器用ですよね。わたし、すごく羨ましいです！」

「別に大したことじゃないさ」

俺はそう答えながら、切り分けたアップルパイを各人の小皿へと配っていく。

全員に行き渡ったところで、俺はミリアに話しかけた。

「とりあえず本題に入ろうか。海賊たちが古代兵器を見つけた場所が分かった、って話だったよな」

「はい。まずはこちらをご覧ください」

ミリアはテーブルのまんなかに地図を広げた。

地図にはフォートポートの街のほか、近海に浮かぶ島々がいくつか描かれている。

「海賊が古代兵器を見つけたのは、このあたりみたいです」

そう言ってミリアが指さしたのは、街から北西に進んだ先の海上だった。

「地図には描かれていませんが、どうやらここに大きな島があるそうです」

「大きな島なのに、これまで見つかっていなかったのか？」

「はい。地元の漁師のあいだでは『マホロス島』という名前で噂《うわさ》になっていたみたいです。晴れた日に望遠鏡を覗くと視界の端に入るけれど、いざ見ようとすると消えてしまう島がある、と。……一応、理由についてはわたしなりに仮説があります」

ミリアはいつしか真剣な表情と口調になっていた。

それだけ重要な話なのだろう。

「古代文明の魔導具には、広範囲を結界で覆うことで内部を周囲に認識させない、というものがあるそうです。それが機能している……いえ、最近までは機能していたのかもしれません」

「マホロス島の存在を隠していた魔導具が故障した結果、海賊たちが島を発見して、古代遺跡に辿り着いた。ミリアはそう考えているんだな」

「はい。わたしたち冒険者ギルドとしては早急な調査が必要と考えています」

ミリアは俺のほうに向き直ると、スッと引き締まった表情でそう告げた。

「ただ、海賊の襲撃のせいで島に辿り着けるほどの船はひとつも残っていません。……コウさんは個人で船をお持ちと伺っています。よろしければ、マホロス島の古代遺跡を調査していただけないでしょうか？」

「そうだな……」

王都行きの船が出るのはまだまだ先のことだ。

古代遺跡も気になるし、行ってみるのも悪くない。

「俺は調査を引き受けようと思う。皆はどうだ？」

俺がそう問いかけると、アイリス、リリィ、スララは首をコクリと縦に振った。

「あたしは一緒に行くわ。いざというときの盾役は任せてちょうだい」

「私も、コウさんについていきます。……アンデッドが出てきたら、すぐに退治します」

「ぼくはおともスライム！　マスターさんのおともをするよ！」

どうやら三人は一緒に来てくれるようだ。

残る一人――レティシアは何か言いたげな表情でこちらを見つめていた。

前にも似たようなことがあったが、そのときのレティシアは弟のことを考えていた。

今回も同じような理由だろうか。

俺は少し考えたあと、レティシアにこう告げた。

「もし弟探しを優先したいなら、別行動でも構わないぞ。遠慮なく言ってくれ」

「えっ？」

レティシアはハッと我に返ったような表情を浮かべると、首を横に振った。

「ああ、いえ、心配には及びませんわ。そちらは気長に進めるつもりですし、ひとまずの見当もつきましたもの。……わたくしのことはさておき、古代遺跡の調査、同行させてくださいませ」

こうして俺たちは全員でマホロス島の古代遺跡を目指すことになった。

「コウさん、みなさん、本当にありがとうございます！」

ミリアはソファから立ち上がると、深く頭を下げた。

「マホロス島についての情報は乏しくて、ほとんど何も分かっていない状態です。もしも危険だと判断したらすぐに戻ってきてください。……ついさっき西の灯台から入ってきた報告ですが、マホロス島の方角から火山活動のような煙が確認された、という話もあります。このところフォートポートでは小さな地震が続いていますし、もしかするとマホロス島に火山があって、マグマが活発化しているのかもしれません」

「分かった、もし可能ならそのあたりも調べてくるよ」

「よろしくお願いします。マホロス島についての話は以上です。……それから、コウさんには大切なお話がもう一件だけあるので、ここに残ってもらっていいですか？」

「俺に？」

いったい何の用事だろうか。

ミリアの様子を見るに、俺と一対一で話したがっているようにも思えた。

アイリスのほうに視線を向けると、彼女はこちらの考えを察したかのようにコクリと頷いた。

「それじゃあ二手に分かれましょう。島の調査が長引くかもしれないし、あたしたちは道具と食料の補充をしておくわね」

「頼んでいいか？」

「ええ、任せてちょうだい。合流は……オリハルコンロックスのところにしましょうか」

それは名案だ。

オリハルコンロックスは巨大な船だから、待ち合わせの目印としてはピッタリだろう。

というわけで、アイリスたちには別行動を取ってもらうことになった。

「それじゃあ行きましょうか。リリィちゃん、スララちゃん、レティシア」

アイリスはそう言うと、ソファから立ち上がり、ドアのほうへと向かう。

「またね、コウ」

「コウさん、ミリアさん。失礼しました」

「マスターさん、おみやげ買ってくるね！」

「島についての聞き込みもしておきますわ。では、またのちほど」

最後にレティシアが丁寧な仕草でドアを閉じる。

部屋には俺とミリアの二人だけが残された。

「みなさん、とってもにぎやかですね」

ニコニコと明るい笑みを浮かべながらミリアが言った。

「コウさんも楽しそうですし、わたし、安心しました」

「いいメンバーだと思ってるよ。ありがたい話だ」

「コウさんの人望あってこそですね」

「そうか？」

「はい。素敵な人のところには、素敵な人が集まるものですから。……さて、お時間を取らせちゃうのも申し訳ないので、本題に入りますね」

ミリアはそう言うと、俺のほうにあらためて向き直った。

「コウさん、精霊の指輪はまだ持ってますか？」

「ああ、もちろん」

俺は【アイテムボックス】から精霊の指輪を取り出した。

オーネンで黒竜と戦う前夜、ミリアから渡されたものだ。

表面には古代の言葉で『遠き地より来たる者、汝《なんじ》、竜に挑むならば己の器を空とせよ。そこに精霊の祝福は宿らん』と刻まれている。

「精霊の指輪って、もともとはミリアの親戚が持ってたんだよな」

「はい、わたしが小さいころ、遠縁のおじいさんから渡されたんです。『竜に挑む者が現れたら、この指輪を渡してくれ』って。そのときは意味が分からなくて、でも、大切なことだという気がしたから指輪をずっと持ち歩いていたんです」

「そのおかげで俺は黒竜を討伐できたわけだしな。ミリアには本当に感謝してるよ」

黒竜との戦いでは固有能力の【ダークフィールド】により俺の魔力はすべて吸い上げられてしまった。本来ならば絶体絶命のピンチと呼ぶべき場面だろう。

しかし、黒竜のブレスが俺を焼き焦がす寸前、精霊の指輪に秘められたスキル——【精霊の祝福】が発動し、俺は奇跡的な勝利を収めている。

俺がしみじみと過去に浸っていると、ミリアがさらに言葉を続ける。

「実はコウさんが出発した次の日に、遠縁のおじいさんから贈り物が届いたんです」

「贈り物？」

「はい。手紙も同封されていました。『指輪に選ばれし者に託してほしい』と」

そう言ってミリアは脇に置いていたカバンから古びた巻物を取り出すと、テーブルの上に広げた。

巻物の中心には、円と三角形を組み合わせたような魔法陣が描かれている。

そして三角形のそれぞれの頂点には、精霊の指輪、盾を持った竜、ホルンを吹く老人の絵が小さく添えられていた。

これはいったい何だろうか。

とりあえず【鑑定】を発動させてみる。

黄昏《たそがれ》の巻物：精霊、創造神、竜神、戦神、そして災厄――五つの大いなる力を束ねるための術式が編み込まれた巻物。【創造】において特定のレシピを実行する際に必要となる。

五つの大いなる力を束ねる……？

説明文から推測するに、この巻物を使って【創造】を行ったなら、ものすごいアイテムが生まれそうだ。

ただし、今のところ新しいレシピは浮かんでこない。

他にも素材が必要なのかもしれない。

「ミリア。この巻物を送ってきた遠縁のおじいさんって、いったい何者なんだ？」

「わたしにもよく分かりません。小さいころに会ったときは、考古学者、と言ってました。精霊の指輪も、この巻物も、古代文明の遺物でしょうか……？」

「どうだろうな……」

それは少し違うような気もする。

あくまで俺の主観だが、古代文明というのはファンタジーとＳＦが入り交じったような雰囲気を漂わせている。オーネンの地下都市は近未来じみた住宅ばかりだし、魔導通信機はガラケーそっくりだ。オリハルコンロックスなどはレーザー砲だけでなくミサイルまで搭載している。

短くまとめるなら『魔法の存在する近未来』という言葉がぴったりだろう。

それと比較すると、この巻物はあまりにアナログすぎないだろうか？

古代文明の遺物ならば、魔法陣が記録されたタブレットくらいは出てきそうだ。

「とりあえず、これは預かってもいいのか？」

「預かるというか、貰《もら》っちゃってください。精霊の指輪と同じで、たぶん、コウさんが持っていることに意味があるんだと思います」

「分かった。ありがとうな」

俺は礼を告げると、黄昏の巻物を【アイテムボックス】に収納した。

「いえいえ！　実はわたしが大急ぎでコウさんを追いかけてきたのって、この巻物を渡すためでもあったんです。役目を果たせてホッとしました」

「巻物が届いたのは俺がオーネンを出た次の日だったよな。じゃあ、出発を一日遅らせていたら、ミリアはもうちょっと楽ができた、ってことか」

「でもその場合、少なくともトゥーエは壊滅していましたよね」

「……確かにな」

デビルトレントがトゥーエの街を襲ったのは、俺が出発した日の夕方だった。

もしも出発が次の日になっていたら、そのあいだにトゥーエの街は破壊され、住民の多くは命を落としていただろう。

「コウさん、気にしないでください。フォートポートまでの旅はちょっと大変でしたけど、わたしが自分の意思でやったことですから。お役に立てたならオールオッケー！　ですよ！」

ミリアはパチリと右眼でウインクすると同時に、右手の親指と人差し指でＯＫマークを作った。

その姿はなかなかに可愛《かわい》らしいもので、俺は思わずクスリと笑っていた。

第十一話　火山島に向かってみた。

ミリアと別れたあと、俺は待ち合わせの場所へと向かった。

フォートポートの港の端には、巨大な城塞《じょうさい》のような戦艦が浮かんでいる。

古代兵器、オリハルコンロックス。

その周囲には、なぜか街の住人たちが集まっていた。

「へえ。これが海賊のヤツらが使ってた船か」

「デカいな……！　こんな大きな船、今まで見たことがねえ」

「海賊を退治してくれた《竜殺し》さんには本当に感謝ね……」

どうやら住民たちはオリハルコンロックスの見物に来ているようだ。

かなりの人が集まっており、ちょっとした観光スポットみたいな雰囲気になっている。

「……ねえねえ、あそこにいるのって《竜殺し》さんじゃない？」

オリハルコンロックスを眺めていた住民のひとりが、ふと、こちらを向いた。

「本当だわ！　みんな、《竜殺し》さんよ！」

「なんだって！」

「黒髪、黒眼《め》、それから黒のコート。間違いねえ、《竜殺し》だ！」

おおっと。

いきなりのことに驚いているうちに、俺はすっかり住民たちに囲まれてしまう。

まるでファンの出待ちに遭遇した芸能人のような状況だ。

《竜殺し》、聞いたぜ。海賊退治の報酬、街に寄付してくれたんだってな！」

「おかげで新しい船が買えます。ありがとうございます！」

「アンタ、本物の英雄だぜ！　この恩は絶対に忘れねえ……！」

俺は今回、海賊退治で得た報酬をすべてフォートポートの街に寄付し、被害の補填《ほてん》に使うように頼んでいる。

その話は、どうやらすでに住民たちの耳に入っているようだった。

船乗りだけでなく、その家族までもが次々に俺に近づいてきては、お礼の言葉を述べていく。

なんだか照れくさいな。

そうしていると、遠くにアイリスたちの姿が見えた。

どうやら買い出しが終わったようだ。

よし、合流するか。

まずはこの人混みから脱出しないとな。

「すまない、これから用事があるんだ。通してもらっていいか？」

俺がそう告げると、街の住民たちはサッと周囲を空けてくれた。

「おっと、すまねえ《竜殺し》。時間を取らせちまったな」

「用事って、もしかして悪者退治かしら」

「うん。きっとそうだよ！」

「《竜殺し》さん！　頑張って！」

「みんなアンタのことを応援してるぞ！」

「《竜殺し》ばんざーい！」

「「ばんざーい！」」

なんだこの流れ。

気がつくと、街の人々はなぜか万歳の大合唱を始めていた。

こういうときって、どういう顔をすればいいんだ……？

俺はひとまず平静を装いながらアイリスたちのところに向かう。

「コウ、あいかわらず慕われてるわね」

「……まあ、ありがたい話ではあるんだろうな」

アイリスの言葉に対して、俺は少しぶっきらぼうな口調で返事をする。

するとレティシアが近くにやってきて、クスッと愉快そうに笑みを浮かべた。

「あらコウ様、照れていらっしゃいますの？」

「……否定はしない」

「マスターさん！　そんなときはおやつを食べるといいよ！　これ、あげるね！」

そう言ってスララが差し出してきたのは、カットされて串に刺さったパイナップルだった。

表面を見ると、わずかに凍っている。

「ありがとうな」

俺はスララの頭をポンポン、と撫《な》でる。

それから串を受け取り、パイナップルに歯を立てた。

シャリッ。

パイナップルの歯応えはまるでシャーベットのように軽快だった。

それでいて、味わいは生のジューシーさを保っている。

いったいこれは何だろう？

俺が疑問に思っていると、リリィが教えてくれた。

「お店の人に聞きました。氷魔法で果物をゆっくり凍らせて作るそうです」

なるほどな。

魔法のある世界ならではの食べ物、ってことか。

これは面白いな。

マホロス島の調査が終わったら、あらためて買いに行こう。

それから俺たちはオリハルコンロックスから少し離れた海沿いの場所へと移動した。

幸い、周囲に人の姿は少ない。

ここなら大騒ぎが起こることはないだろう。

俺は脳内で【アイテムボックス】を開くと、エクシード・クルーザーの取り出しを念じた。

すぐ近くの海面に魔法陣が浮かび、そこから帆のない船がゆっくりと上昇してくる。

船体の中央部にはデストが突き刺さるような形で連結されており、顔を俺のほうに向けると、右手を挙げて挨拶してくる。

「オハヨウゴザイマス、マスター！　出撃デスカ！」

「ああ、今日もちょっと忙しくなるぞ。力を貸してくれ」

俺はエクシード・クルーザーに乗り込むと、デストのそばに向かう。

それから【オートマッピング】を発動させ、マホロス島の場所を説明した。

「島には古代遺跡があるそうだ。何が起こるか分からないから、十分に警戒してくれ」

「承知シマシタ！　最大限、安全ニハ配慮シマス！」

デストは右腕を掲げると、ガシャン、と胸を張って敬礼した。

そうしているあいだに他の皆もエクシード・クルーザーに乗り込んでいた。

さあ、出発だ。


エクシード・クルーザーの後部には下り階段があり、その先はキャビンに繋《つな》がっている。

キャビンにはテーブルとソファ、それからいくつかの安楽椅子が設置されており、船旅のあいだのんびりとくつろぐことができる。

ちなみに中央には大きな白い柱がドーンと鎮座しているが、おそらくこの内部にはデストの身体が入っているのだろう。

フォートポートの港からマホロス島まで二時間はかかるという。

俺たちはひとまずキャビンのソファに腰掛け、情報の共有を行った。

「では、わたくしから話をさせていただきますわ」

最初に口を開いたのはレティシアだった。

「街のご老人方にお話を伺ってみたのですけれど、フォートポートの街で地震が起こるのはせいぜい数年に一度くらいで、短期間のうちに二度も三度も揺れるのは初めてだそうですわ。……もしかすると、噴火の前触れかもしれませんわね」

「俺たちがマホロス島を調査している最中に……ってのもありうるな」

「ええ、用心はしておくべきと思いますわ」

レティシアは頷《うなず》いて自分の話を締めくくった。

次に口を開いたのはアイリスだった。

「あたしとリリィちゃんは色々と買い物をしてきたわ。何を買ったかは紙にまとめてあるから、時間のあるときにチェックしておいてちょうだい」

そう言ってアイリスはＡ４サイズほどの紙片を差し出してくる。

内容は購入物のリストだった。

食料などを中心にして、無人島の調査に必要なものを取り揃《そろ》えてくれたようだ。

「マスターさん、ぼくも報告したいよ！」

ん？

スララも何かしてくれたのだろうか。

「えっとね、パイナップル屋のおばあちゃんがフォートポートの昔話を教えてくれたよ！」

「どんな話なんだ？」

「『マホロス島のトナカイじいさん』っておはなしでね、マホロス島にはトナカイみたいなツノを生やしたおじいさんが住んでるんだ。そのおじいさんは、年末になると、ぐっすり寝ているよい子にすてきな夢をプレゼントしてくれるんだって！」

なんだかサンタクロースみたいな話だな。

そんな感想はさておき、内容としてはちょっと気になる部分がある。

マホロス島には古代文明の遺跡があるわけだし、もしかすると、トナカイのようなツノを生やした魔導生物が住み着いているのかもしれない。

まあ、そのあたりは現地に着いてから調べるとしよう。

最後は俺の報告だ。

【アイテムボックス】から黄昏《たそがれ》の巻物を取り出し、皆に見せる。

巻物に描かれているのは、円と三角形を組み合わせたような魔法陣のほか、精霊の指輪、盾を持った竜、そしてホルンを吹く老人の三つだ。

「ねえコウ、この竜だけど……」

「どうした？」

「たしか、竜神様のはずよ。あたしの故郷にある古文書で何度も見たことがあるわ」

黄昏の巻物を【鑑定】した結果によると、これには精霊、創造神、竜神、戦神、そして災厄という五つの力を束ねるための術式が組み込まれているらしい。

であれば、竜神の絵が描かれていることは当然と言えば当然だろう。

だったら、ホルンを吹く老人は戦神だろうか。

リリィに訊《たず》ねてみると――俺の予想どおりだった。

「はい。これは、戦神ウォーデン様の絵です。……聖地に飾られている宗教画にも、同じものが描かれています」

なるほどな。

巻物には他に精霊の指輪が描かれているが、おそらく精霊を意味するのだろう。

俺がひとり頷いていると、レティシアが言った。

「精霊、竜神、戦神が描かれているのであれば、残りの二つ――創造神と災厄を意味する絵もあっていいはずですわね」

「それはどうだろうな」

俺は少し考えてから答える。

「黄昏の巻物は【創造】に使うわけだし、その時点で創造神の要素を満たしているんじゃないか？」

「では、残るは災厄だけですわね」

レティシアはそう言いながら、巻物の中心に描かれている魔法陣をジッと見つめていた。

それは丸と三角を組み合わせた紋章であり、俺が【アイテムボックス】を発動させるときに出現するものと一致していた。

情報の共有が終わったあと、俺はキャビン後部の階段を上ってデッキに出た。

少し、外の風に当たりたい気分だったのだ。

エクシード・クルーザーはかなりのスピードで海上を疾走しており、頬《ほお》に当たる風が気持ちいい。

遠くにはいくつかの小島がポツポツと見える。

【オートマッピング】で確認してみたが、マホロス島までの航路のうち四分の一を過ぎたところだ。

到着まではまだ一時間以上ある。

「あの、コウさん」

背後から声が聞こえた。

振り返ると、そこにはリリィの姿があった。

「横、いいですか？」

「もちろん。好きにしてくれ」

「ありがとうございます」

リリィはぺこりと丁寧にお辞儀をすると、俺の左隣に並んだ。

そのまま並んで周囲の景色を眺める。

「海、きれいですね」

「飛び込んで泳ぎたくなるな」

「……私、泳げないんです」

「そうなのか？」

「泳ぎ方を、知らないんです。聖地は陸に囲まれていましたから……」

リリィには両親がおらず、遠い海の向こうにあるという戦神教の聖地で育てられたという。

【戦神の巫女《みこ》】というスキルを持ち、それゆえ、巫女の使命を果たすための教育を受けてきた。

どうやらその教育のなかには、泳ぎ方というものは含まれていなかったらしい。

現代の日本だったら全国どこにでも学校というものがあって、たいていはプールも設置されているものだが、ここは異世界だからな。

陸地で暮らすだけなら水泳なんて知らなくても生きていけるし、リリィの場合、【戦神の巫女】としての役割があるわけで、教育もそれに関係するものが優先されたのだろう。

「じゃあ、今回の調査が終わったら、ちょっと泳ぎ方を練習してみるか」

「コウさんは、泳げるんですか？」

「まあ、それなりにな」

「すごいです……！」

リリィはキラキラとまっすぐな憧れの視線をこちらに向けてくる。

なんだかこそばゆい気持ちになって、俺は右頬を掻いた。

それからしばらくのあいだ、静かな時間が流れた。

聞こえてくるのはエクシード・クルーザーの駆動音くらいだ。

ふと、リリィが言った。

「コウさん。大人って、楽しいですか？」

「どうしたんだ、急に」

「昨日、コウさんとアイリスさん、二人でお酒を飲みに行ってましたよね」

「ああ」

俺は頷きながら昨夜のことを思い返す。

久しぶりにアイリスと一対一で話すことができたわけで、気を遣ってくれたレティシアたちには感謝するばかりだ。

「もしかして、リリィも一緒に行きたかったか？」

「……分かりません」

リリィは考え込むような表情を浮かべると、こてん、と首を傾《かし》げた。

「でも、食事のあとにバーでお酒を飲むのって、すごく大人って感じがします」

「リリィがもう少し大きくなったら、皆で行くか」

「いいんですか？」

「もちろん」

俺は頷くと、ぽんぽん、とリリィの頭を撫でた。

「リリィも大切な仲間だからな。置いてけぼりにはしないさ」

「……ありがとうございます」

そう言ってリリィは俺のほうを見上げると、口元に微《かす》かな笑みを浮かべた。

「楽しみにしています。本当に」

リリィは【戦神の巫女】であり、いくつかの使命を背負っている。

そのうちのひとつが、自分の命と引き換えに『災厄殺しの矢』を召喚する、というものだ。

スリエを出発する前日の夜、リリィはこう言った。


──使命を果たす覚悟は変わりませんが、私も可能ならば長生きして、コウさんたちと一緒に色々なところに行ってみたいと思っています。


その『色々なところ』のひとつに、今回、食後のバーが加わったのだろう。

俺としてはリリィの望みを叶《かな》えてやりたいと思う。

……あれ？

そういえばこの世界って、酒は何歳から飲めるんだ？

俺の疑問に答えてくれたのは【フルアシスト】だった。

この国に住む人族の場合、慣例的に二十歳からとされているらしい。

ただ、日本のように明確な規定や罰則はないようだ。

リリィは十五歳だから、酒が飲めるのはおよそ五年後か。

そのときまでには、災厄だの何だのが片付いて、世の中が平和になっているといいな。

俺とリリィはそのままデッキから遠くの風景を眺めていた。

すると、水平線の向こうから白い煙がもくもくと立ち上っているのが見えた。

「コウさん。あの煙って、もしかして……」

「マホロス島の火山かもしれないな」

俺は【オートマッピング】で周辺の地理を確認する。

マホロス島の位置は、煙の方角に一致していた。

俺は後ろを振り返ると、エクシード・クルーザーの中央部に接続されたままのデストに告げた。

「デスト、もう少し速度を出せるか？」

「合点承知デス！　ブースト、オン！」

威勢のいい掛け声とともに、グン、とエクシード・クルーザーの速度が急上昇する。

やがて――

遠くにマホロス島が見えてきた。

形としては魔女の三角帽子に似ている。

つばの部分は鬱蒼《うっそう》とした森になっており、中央のとんがりが火山だ。

あくまで目算になるが、標高としては二百メートルにも満たないだろう。

ただし、それは水面から見えている部分の話だ。

実際は巨大な火山であり、その先端部だけが海上に見えている……という可能性もある。

火口からは今も煙が立ち上っており、不穏な気配を漂わせていた。

もしかすると噴火が近いのかもしれない。

そんなことを考えていると突如としてキィイイイイイイインという鋭い金属音が鳴り響き、
手元に【アイテムボックス】の魔法陣が浮かんだ。

そこから銀色の刃《やいば》を持つ大剣──グラムがひとりでに現れる。

リリィが、ゴクリと息を呑《の》んだ。

「コウさん、もしかして……」

「ああ。たぶん、災厄だ」

俺はグラムを魔法陣から引き抜き、周囲を警戒する。

まず頭をよぎったのは『強欲竜』の三文字だった。

レティシアの弟が近くにいるのかもしれない。

そんなことを考えていると、背後から足音が聞こえてくる。

振り返れば、そこにはアイリスとレティシアの姿があった。

どちらも険しい表情を浮かべている。

「コウ。もしかして災厄かしら」

アイリスはそう言って竜神の盾を掲げた。

盾からはグラムと同様、鋭い金属音が響いている。

「ああ。たぶん、この近くにいるはずだ」

俺はそう答えながらレティシアに視線を向ける。

レティシアは両手をそれぞれ左右のこめかみに添えると、うすく眼を閉じていた。

やがて瞼《まぶた》を開くと、俺に告げた。

「この感じ、弟ではありませんわね」

「そうなのか？」

俺としてはちょっと意外な気持ちだった。

いよいよレティシアの弟と対面かと思ってたんだけどな。

「憤怒か、嫉妬か、あるいは白竜か黄竜か——。どの災厄かは分かりませんが、もし世界を滅ぼそうとするのであれば、わたくしが鉄拳制裁してみせましょう。頼りにしてくださいませ」

レティシアは微笑《ほほえ》みながら右の拳をグッと掲げる。

その姿はとても頼もしい。

どうやら他の災厄と戦うことに抵抗はないようだ。

「あれ……？」

ふと声をあげたのはリリィだ。

「なんだか、変です」

「どうした？」

「暴食竜のときは、もっとおぞましい気配がありました。でも、今は……」

リリィは自分の感覚をうまく言葉にできないのか、困ったように視線を落とす。

俺もつられて視線を下に落とすと、ちょうどそこにスララが転がってきた。

「ねえねえ、マスターさん。もしかしたら災厄は災厄でも、レティシアおねえさんみたいな、おとなしい災厄かもしれないよ！」

いや、レティシアっておとなしいか……？

大暴ればかりの気もするが、スララが言いたいことも分かる。

黒竜や暴食竜のような、世界を滅ぼそうとする存在ではない……ということなのだろう。

確かに、いつものような不気味な気配は感じなかった。

グラムや竜神の盾から響いていた金属音も、いつのまにか消えている。

アイリスが戸惑いの表情を浮かべながら話しかけてきた。

「ねえコウ。いったい、何が起こっているのかしら……？」

「今までにない事態、ってことだけは確かだな」

俺がそう答えた直後、自動的に【オートマッピング】が起動した。

青白いウィンドウが虚空に現れ、周辺一帯の地図が表示される。

マホロス島の北西部……エクシード・クルーザーの現在地から左に回り込んだところに、赤色の光点が輝いていた。

そこはちょうど古代遺跡の入口に一致している。

俺は船のコントロールを行っているデストのところに向かうと、【オートマッピング】の地図を見せながら指示する。

「ここに向かってもらっていいか？」

「承知シマシタ！　慎重ニ進ミマス！」

「ああ、そうしてくれ」

相手が災厄であるならば、警戒を怠るべきではないだろう。

「アイリスはいつでも結界を張れるようにしておいてくれ。いけるか？」

「大丈夫よ。役割は、きっちり果たさせてもらうわ」

頼もしい表情を浮かべてアイリスが頷いた。

そのあいだに船は大きく旋回を始めていた。

島の沿岸部に視線を向けると、切り立った崖が続いている。

空は青く、太陽はまぶしい。

遠くからは、キィ、キィ、とのんびりとしたカモメの鳴き声が聞こえてきた。

黒竜や暴食竜が出現したときは、あたりはもっと薄暗く、動物だけでなく森羅万象が息を潜めるように沈黙していた。

【フルアシスト】の見解はどうなのだろう。


災厄の存在はすでに感知しています。

脅威度の判定のためには、さらなる情報の収集が必要です。

力になれず申し訳ありません。


別に構わないさ。

というか、本当に【フルアシスト】も人間らしくなってきたな……。

やがて船はマホロス島の北西部に回った。

崖下は大きな洞窟となっており、その内部はオリハルコンロックスがそのままスッポリと入りそうなほど広い。

ミリアから聞いた情報によれば、この奥が古代遺跡に繋がっているそうだ。

……ん？

俺は崖の上へと視線を向ける。

そこに人影があった。

俺たちに向かって手を振っている。

漂流者か何かだろうか。

「デスト、もう少し島に近づいてくれ」

「合点承知デス！」

船が進むにつれて、人影の輪郭がはっきりしてくる。

それは釣《つ》り竿《ざお》を持った老人だった。

顔は、まるで仙人のようにフサフサの髪と髭《ひげ》に包まれている。

その頭からはトナカイのようなツノが伸びていた。

なんだ、あれは。

戸惑う俺の脳裏に、ふと、スラララが街で聞いたという昔話が蘇《よみがえ》る。

――『マホロス島のトナカイじいさん』。

年の暮れになると子供に素敵な夢をプレゼントしてくれるという、異世界版のサンタクロースみたいな存在だ。

その外見は……トナカイのツノを生やした老人だったはずだ。

俺は【オートマッピング】を確認する。

災厄の位置を示す赤色の光点は、老人のいる場所と一致している。

つまり、昔話に出てくるトナカイじいさんの正体は災厄だった、ってことか？

なんだか話がややこしくなってきたな。

少なくとも老人からは敵意を感じないし、いっそ、真正面から話を聞きに行ったほうが早いかもしれない。

俺は【アイテムボックス】にグラムを戻し、フライングポーションを取り出した。

一気に飲み干したあと、他の皆に告げる。

「ちょっとあの老人に話を訊《き》いてくる。みんなはここで待っててくれ」

「待って、コウ。大丈夫なの？　……あの人、たぶん災厄よね」

「少なくとも、いきなり戦いにはならないだろう。まずは声をかけてみる。もしものときはすぐに島から離れてくれ」

「分かったわ。気をつけてね」

「ああ。それじゃあ、行ってくる」

俺は風を操ると、ふわり、と宙に浮かぶ。

そうして『トナカイじいさん』のところへと向かった——。

第十二話　トナカイじいさんと知り合いになった。

俺は空を飛んでエクシード・クルーザーから離れると、マホロス島へと降り立った。

少し離れたところにはトナカイのようなツノを生やした老人の姿がある。

シワだらけの顔に穏やかな笑みを浮かべており、いかにも好々爺《こうこうや》といった雰囲気だ。

老人は右手を大きく振りながらこちらに近づいてくる。

「おお、よく来たのう！　ここまで遠かったじゃろう！」

やけにフレンドリーだな……。

譬《たと》えるなら、里帰りしてきた孫を迎えるおじいちゃん、といったところか。

少なくとも、敵対的な印象は受けない。

「オヌシのところにはすでに傲慢竜《ごうまんりゅう》がおるじゃろう。ワシもそれと同じでな、災厄ではあるが人として生まれておる。普段、街に出るときはツノも隠しておるよ」

老人はそう告げると、自分の頭をポンポンと叩《たた》いた。

その途端、ツノがシュルシュルと小さくなり、フサフサの白髪の中に隠れてしまった。

もう一度叩くと、今度は逆にツノが伸びてくる。

随分と不思議なこともあったものだ。

俺がツノをしげしげと眺めていると、老人が言った。

「さて、まずは名乗らせてもらおうかのう。ワシは『遥《はる》かなる怠惰竜』、人前ではタイダルという名をよく使っておる」

怠惰竜で、タイダル。

まるで駄洒落《だじゃれ》のようだが、覚えやすくはある。

なにより、どこか力の抜けたネーミングセンスは、老人の親しみやすい雰囲気にほどよくマッチしていた。

俺はひとり頷《うなず》きながら納得する。

それじゃあ、次はこっちが名乗るとしよう。

「俺はコウ・コウサカだ。Dランク冒険者をやっている」

「うむ、オヌシのことはもちろん把握しておるとも。【勇者】【魔王】【賢者】――三つの力を併せ持ち、さらには【創造】を宿した規格外の【転移者】なのじゃろう？」

「……よく知っているな」

少し驚きながら答えると、タイダルはニカッと陽気な笑みを浮かべて告げた。

「怠惰竜の固有能力には【千里眼《せんりがん》】というものがあってな、眠ることによって過去と現在のさまざまな物事を見聞きできるのじゃ」

「【千里眼】の力で俺のことを把握した、ってことか」

「そのとおりじゃ。もちろん、コウ殿が何のためにマホロス島に来たのかも分かっておる。古代遺跡の調査じゃろう？」

「ああ。海賊たちがここから古代兵器を持ち出したらしいな」

「そのとおりじゃ。マホロス島はワシにとって縁の深い場所でな、久しぶりに来てみれば海賊どもに遺跡が荒らされておって、本当に驚かされたわい」

タイダルはやれやれ、といった様子でため息をつく。

その仕草は人間臭く、とても災厄とは思えない。

「コウ殿、オヌシには感謝しておる。よくぞ海賊どもをボコボコにしてくれた。その姿を【千里眼】で見たときはスカッとしたわい。カカカカカ！」

タイダルは心から愉快そうに笑い声をあげると、パシパシと俺の肩を叩いた。

その振る舞いは、まさに『陽気なおじいちゃん』といった雰囲気だ。

「礼と言ってはなんじゃが、ワシがこの島の遺跡を案内させてもらおうかの」


ひとまず俺はタイダルを連れて、エクシード・クルーザーに戻ることにした。

古代遺跡を案内してもらうにあたって、皆に紹介する必要があるからだ。

タイダルも空を飛べるらしく、俺と二人揃《そろ》ってふわふわと空中散歩しながら船へと向かう。

「それにしてもコウ殿の船は立派じゃのう。眺めているだけで船乗りの血が騒ぐわい」

「もともとは船乗りだったのか？」

「大昔の話じゃがな」

ふと懐かしむような表情になってタイダルが言う。

「先ほども言ったが、ワシは人間として生まれた。自分が災厄ということも知らず、船乗りとしてマジメに働き、人並みの幸せを掴《つか》もうとしておった。しかし——」

「何か事件でもあったのか？」

「あれは十八歳のときのことじゃ。乗っていた船が転覆して、ワシは生死の境を彷徨《さまよ》った。……それがきっかけになって、ワシは自分が災厄であることを思い出したのじゃ。それ以来、故郷を離れてあちこちを気ままに旅しておるよ」

タイダルはその言葉と裏腹に、どこか物寂しそうな表情を浮かべていた。

視線は海の向こう……フォートポートの方角へと向けられている。

だが、やがて感傷を振り切るように首を横に振ると、ニカッとした笑みを向けてきた。

「湿っぽい話になってしまってすまんのう。カカカカ！」

「いや、構わないさ」

そんな話をしているうちにエクシード・クルーザーが近づいてくる。

俺は船のデッキに降り立つと、アイリスたちにタイダルのことを紹介した。

『人として生まれた災厄』の前例としてレティシアがいるおかげか、皆の警戒を解くのにさほどの時間はかからなかった。

「あたしはアイリスノート・ファフニルよ。アイリスでいいわ。よろしくね、タイダルさん」

「リリィ・ルナ・ルーナリアです。【戦神の巫女《みこ》】としてコウさんに同行しています」

「デスト、デス。エクシード・クルーザーへ、ヨウコソ」

「ぼくはスララだよ！　おじいちゃん、そのツノ、かっこいいね！　つよそうだね！」

「ワシが強そうなのは見た目だけじゃよ。正直なところ、ロンリーウルフに勝てるかどうかも怪しいのう、カカカカ！」

いやいや、ちょっと待ってくれ。

ロンリーウルフよりも弱いというのは、災厄としてどうなんだ？

俺が首を傾《かし》げていると、レティシアが口を開いた。

「確かに、今のタイダル様は災厄としての力をほとんど失っているようですわね。……わたくしはレティシア・ディ・メテオール、またの名を『赫奕《かくやく》たる傲慢竜』と申します。どうぞよしなに」

「おお、オヌシのことは【千里眼】で知っておるぞ。弟を探しておるようじゃが、居場所は分かったかの？」

「それなりに見当はつきましたわ、ご安心くださいませ。……ところで、力を失った理由についてお伺いしてもよろしいかしら」

「もちろんじゃや。といっても、単純な話じゃがの」

そう言ってタイダルはコホン、と咳払《せきばら》いをした。

「怠惰竜というのは名前のとおり、怠《なま》ければ怠《なま》けるほどに力を発揮する。しかしこの数日、ワシはどうにも忙しくてな。睡眠も最低限しか取っておらんのじゃ」

「要するに、疲労のせいで力が出ない、ってことか？」

「うむ、コウ殿の言うとおりじゃ。ワシが全力を発揮するには三年ほど眠る必要があるのう」

俺の言葉に、タイダルはうんうんと頷く。

「ワシとしては日々を平穏に過ごせればそれで構わん。力なんぞ、自分の身を守ることができれば十分じゃよ」

「確認なんだが、災厄として暴れるつもりはないのか？」

「当たり前じゃ。そんな面倒なこと、怠惰竜のワシがやるわけがなかろう。カカカカ！」

タイダルは陽気な笑い声をあげた。

さて、挨拶も終わったことだし、そろそろ遺跡に向かおうか。

デストに声をかけて、エクシード・クルーザーを動かしてもらう。

「デハ、出発シマス！」

「よろしく頼む」

エンジンの駆動音が響き、船は崖下の洞窟へと入っていく。

洞窟の天井は鍾乳洞《しょうにゅうどう》のようになっており、なかなかに圧巻だ。

奥には巨大なゲートがある。

オリハルコンロックスや、それに随伴していた無人のアサルト・クルーザーはここから島の外に出ていったのだろう。

ゲートをくぐると、その向こうは船のドックとなっていた。

いや、ドックの残骸というべきか。

どこもかしこも滅茶苦茶に破壊されており、かろうじて船着き場としての形が残っているだけ、といった印象だ。

長い年月による風化だけでは説明がつかないほどに荒れ果てている。

「ひどいな……」

俺がそう零《こぼ》すと、タイダルは悲しげに目を伏せた。

「海賊の連中はこの遺跡を好き放題に荒らして、そのうえ船まで盗んでいきおった。知ってのとおり、オリハルコンロックスは恐ろしい力を秘めた兵器じゃ。しかも、まさかフォートポートを狙うとはのう……。あの街は、ワシの生まれ故郷なのじゃ」

なるほどな。

俺は意外に感じつつも、同時に、納得も覚えていた。

先ほど、タイダルがフォートポートの方角をジッと眺めていたのは、故郷を思ってのことだったのだろう。


それから俺たちはドックのなかでも被害の少ない場所を選び、エクシード・クルーザーを下りた。

「デスト、ありがとうな」

「ハイ！　帰リモ、ゼヒ、オ呼ビクダサイ！」

俺はデストの言葉に頷くと、【アイテムボックス】への収納を念じた。

海面に魔法陣が浮かび、そのなかにエクシード・クルーザーが吸い込まれる。

その光景を見て、タイダルが目を丸くしていた。

「コウ殿、今のは……」

「【アイテムボックス】だ。容量無制限だし、あのくらいの船なら自由に出し入れできる」

なんだかこの説明も定番になってきたな。

そう思いながらタイダルのほうを見ると、なぜか腕を組み、考え込むような表情を浮かべていた。

「タイダル様、いかがしまして？」

レティシアが声をかけると、タイダルはハッと我に返り、人の良さそうな笑みを浮かべて言った。

「いやいや、少しボーッとしておっただけじゃ。この数日は海賊どもに荒らされた遺跡施設の復旧にかかりきりでな。あいつら、怠惰竜であるワシを働かせるとは大したもんじゃ。いっそのこと『干からびた過労竜』とでも名乗りたくなるわい。カカカカ！」

その竜、日本にたくさん生息してそうだな……。

俺や同僚たちは揃ってみんな死んだような目で働いていたし、会社は干からびた過労竜の巣窟《そうくつ》だったと思う。

そんな個人的な経験はさておき、タイダルが怠惰竜としての力を失っているのは遺跡施設の修理に取りかかっていたせいなのだろう。

「タイダルおじいちゃん、だいじょうぶ？」

スララが気遣うように声をかける。

「つかれてるなら、ぼく、マッサージするよ？」

「おお、スララちゃんは優しいのう。そのうちお願いさせてもらおうかの」

タイダルはそう答えると、ゆっくりと歩き始めた。

「さあ、こっちじゃ。迷子にならんよう、しっかりついてくるんじゃぞ」

俺たちはタイダルに先導されながら遺跡の中を歩いていく。

海賊たちは船のドックだけでなく、その先の通路や、途中にある部屋なども踏み荒らしていったらしく、まるで暴風が吹き荒れたかのような様相を呈していた。

「あの人たち、本当に無茶苦茶ね……。加減ってものを知らないのかしら」

アイリスが嘆くように呟《つぶや》くと、隣でリリィもこくこくと頷いた。

「海賊たちが捕まって、本当によかったです」

それは俺も同感だ。

ドクスたちは古代文明の兵器を手に入れ、その力に酔いしれていた。

略奪と破壊をあちこちで繰り返し、多くの人々が犠牲になっていた可能性もある。

それを阻止できたのは、とても意味のあることだろう。

しばらく遺跡の中を進んでいくと、やがて、ひときわ大きな部屋に辿《たど》り着いた。

雰囲気としては、空港の管制室に似ている。

正面の壁には大きなモニタが取りつけられており、画面は三分割されていた。左上には周辺の地図、右上には火山の模式図、そして下半分には複雑な波形のグラフが描かれている。

視線を下に降ろせば、オリハルコンロックスの指令室で見たような、ピカピカと光を放つ機械がいくつも並んでいた。

ここはいったい何をする部屋なのだろうか。

俺が疑問に思っていると、タイダルがこちらを向いて説明を始めた。

「コウ殿、マホロス島に火山があることは知っておるな？」

「ああ。……さっき、火口から煙が出ているのを見たよ」

「ならば話は早い。この島の地下には火山の噴火を抑えるための魔導術式があってな、それを制御するための装置がここに集められておるのじゃ」

タイダルはそう言って、周囲の機械をぐるりと見回した。

「ただ、海賊のやつらは本当に見境がなくてな。この部屋の装置を片っ端から壊していきおった。このところ地震が増えておるのも、火口から煙が出ておるのも、それが原因じゃ」

「……装置が壊れたってことは、噴火の危険があるんじゃないのか？」

「カカカカ、心配には及ばん」

タイダルは自信満々の笑みを浮かべて断言する。

「装置なら、ワシが徹夜で修理した。魔導術式も正常に機能しておるし、いずれ火口の煙も消えるはずじゃ」

……本当だろうか。

適切な休息を欠いた突貫工事というのは、とてもトラブルが起きやすい。

日本にいたころ、俺は炎上案件の『火消し部隊』を率いていくつもの修羅場をくぐってきた。

それによって培われた嗅覚が、アラートを告げていた。

「ねえコウ」

アイリスが、そっと俺に耳打ちしてくる。

「あたし、なんだか嫌な予感がするんだけど……」

「奇遇だな。俺もだ」

俺は声をひそめて頷く。

そのときだった。

——ビイイイイッ！　ビイイイイイイイッ！

アラート音が鳴り響いたかと思うと、突如として大きな地震が訪れた。

足元が激しく揺れる。

地震が起こったときは机の下に隠れなさい……というのは学校でよく習う話だが、あいにく、周囲に身を隠せそうな場所はない。

さらに言えば、遺跡そのものが崩落する危険性もある。

俺は咄嗟《とっさ》に叫んだ。

「アイリス！」

「ええ、分かったわ！」

名前を呼んだだけで、アイリスは俺の考えを察してくれていた。

竜神の盾を取り出すと、俺たち全員を包むように結界を展開した。

しばらくすると揺れは収まったが、第二、第三の地震がくるかもしれない。

「アイリス、そのまま結界を維持しておいてくれ」

俺はそう呼びかけながら周囲を確認する。

落ちてきたものや倒れてきたものはなさそうだ。

正面の壁に取りつけられたモニタを見れば、画面の下半分に描かれたグラフが激しい変動を繰り返していた。……なんだか危険な気配がひしひしと漂っている。

「マスターさん、大変だよ！」

スララのほうを見ると、近くにあった機械にペタッと張り付き、深刻な表情を浮かべていた。

「遺跡のシステムにアクセスしてみたけど、火山の活動がすごく活発化しているみたい！　もうすぐ噴火するかもしれないよ！」

スララの声とともに、正面のモニタがブラックアウトした。

そして右上のほうに『１２０：０２』という数字が表れ、カウントダウンが始まる。

120：01―120：00――119：59――。

ゼロになったら何が起こるのだろう。

不吉だ。

あまりに不吉すぎる。

「この数字は、噴火までの推定時間だよ」

スラトはモニタに眼《め》を向けながら言った。

「実際はもっと早まるかもしれないけど……いまから二時間以内に火山が噴火するよ」

「なんということじゃ……」

タイダルは嘆くように声をあげると、シワだらけの顔を右手で覆った。

よほどのショックだったらしく、その場にガクリと膝をついてしまう。

「まさかワシの修理に不備があったのか……？」

「ううん、違うよ」

スラトが慰めるように声をかける。

「装置はちゃんと直ってるし、術式も機能してるよ。でも、火山活動が今までになく活発化しているみたい。……このところ世界のあちこちで異常が起こっているらしいから、そのうちのひとつかもしれないね」

ただ――とスラトが続ける。

「もし装置が壊れたままだったら、もっと早くに噴火していたはずだよ。おじいちゃんが頑張って修理してくれたおかげで、ぼくたちが来るまで何も起こらずに済んだんだ」

「タイダルのやったことは無駄じゃなかった、ってことだな」

俺がそう言うと、消沈したように俯《うつむ》いていたタイダルが顔を上げた。

「コウ殿、気を遣わせてすまんのう。ワシはもう大丈夫じゃ」

「俺は事実を言っただけだよ。……ところでスララ、火山が噴火したときの被害は分かるか？」

「ちょっと待ってね。正面のモニタに情報を出すよ」

ピッという音が響き、画面に地図が表示された。

左上にはマホロス島が、右下にはフォートポートの街を中心する沿岸部の地形が描かれている。

「火山が噴火したら、島の表面はまるごとマグマで塗り潰《つぶ》されちゃうし、この遺跡も無事かどうか分からないね……」

しかも、とスララは続ける。

その口調は普段とまったく異なり、真剣そのものだ。

「島からは距離があるけど、フォートポートも危険なんだ。もしかしたら壊滅的な被害を受けるかもしれないよ」

「原因は、地震と津波か？」

「うん。マスターさん、よく分かったね」

スララが感心したように声をあげた。

これはテレビで得た知識だが、日本の場合、火山活動での地震や津波は珍しい。しかし海外ではそこそこの頻度で起こっており、犠牲者も決して少なくない。

おそらく今回も同じようなケースなのだろう。

「予測される被害範囲をモニタに出すよ」

スララの発言と前後して、地図の下側が真っ赤に塗り潰される。

その範囲にはフォートポートの街がまるごと含まれていた。

「ぼくたちの泊まっていた観景亭《かんけいてい》は高台にあるけど、あの場所も含めてぜんぶ津波に呑《の》み込まれる可能性が高いね……」

スララの言葉に、俺たちは息を呑んだ。

観景亭ですら安全ではないのなら、とにかく内陸に向かって逃げる以外に選択肢はない。

「一刻も早くフォートポートに戻って、街の人々に避難を呼びかける必要がありますわね……」

「でも、間に合うでしょうか……」

レティシアとリリィの会話を横で聞きながら、俺はモニタの右上に視線を向ける。

噴火までのカウントダウンは『116：08』となっており——そのとき、小さく足元が揺れた。

「おっと」

転ばないように身構えた一瞬、視線がモニタから逸《そ》れる。

それからあらためてモニタを見ると、右上には『86：56』と表示されていた。

ちょっと待て。

数字、飛びすぎじゃないか？

隣を見れば、アイリスも戸惑いの表情を浮かべている。

「ねえコウ。いま、残り時間が一気に減ったわよね」

「……ああ。スララ、何があったんだ？」

俺がそう問いかけると、スララは申し訳なさそうな表情で答えた。

「ごめんね、マスターさん。あれは噴火までの推定残り時間だから、状況によって早まる可能性があるみたい……」

あくまで目安ってことか。

もしカウントダウンのとおりだとしても、タイムリミットまでは一時間半を切っている。

フォートポートからマホロス島まで二時間もかかったことを考えると、今から全速力で引き返しても避難は間に合わない。地震と津波によって街は壊滅する。

被害をゼロにしたいなら、火山の噴火そのものを止めるしかない。

頭をよぎるのは、フォートポートに住む人々のことだ。

海賊退治を終えたあと、たくさんの人々が俺のところを訪れ、感謝と労《ねぎら》いの言葉をかけてくれた。

途中からは胴上げが始まり、まるで祭りの日のような盛り上がりだった。

……正直、悪くない気分だった。

自分のやったことが周囲に評価されるのって、嬉《うれ》しいよな。

その恩返し、というわけではないが――

フォートポートで暮らす人々のことを守りたい。

誰ひとりだって見捨てたくない。

我ながら、本当にお人好《ひとよ》しだな。

でも、これが俺だ。

オーネン、トゥーエ、スリエ――行く先々で、目に入るすべてを救おうとしてきた。

だからきっと、今後も同じことを繰り返していくんだろう。

その答えを肯定します。
貴方《あなた》が貴方であるかぎり、【フルアシスト】は協力を惜しみません。

頭の中に、声が聞こえた。
それはいつものように無機質なものだったが、いつもと異なり、感情のようなものが籠《こも》っていた。

現状、コウ・コウサカの持つ手札では、火山の噴火を止めることはできません。
フォートポートの街は壊滅し、多くの人々が命を落とすでしょう。
未来を変えるために必要なのは、新たな手札を生み出すことです。
残された時間で、【創造】の素材を探してください。
貴方なら――いえ、我々ならば成し遂げられる。
それが【フルアシスト】の結論です。

第十三話　新たな神器を【創造】してみた。

【フルアシスト】の声を聞き終えたあと、俺はあらためて周囲を見回した。

正面のモニタに表示されているカウントダウンは『８５：０４』となっている。

アイリス、リリィ、レティシア、スララ、タイダル――誰もが迷いの表情を浮かべていた。

残された時間で何をするべきなのか。

その答えが出ずに、足踏みをしているのだろう。

俺は告げる。

「今からフォートポートに戻っても住民の避難は間に合わない。火山の噴火を止める方法を探そう。……タイダル、この遺跡のことは詳しいんだよな」

「うむ。一時期はここで暮らしておったからのう。だいたいのことは把握しておるわい」

「だったら教えてくれ。この遺跡に【転移者】向けのアイテムは残されていないか？」

「ふむ」

タイダルはしばらく目を伏せて考え込むと、やがてこう答えた。

「遺跡の最深部には宝物庫があってな、【転移者】しか入れんようになっておる。行ってみるのも手かもしれん」

「分かった。案内してくれ」

「うむ。では、ワシについてきてくれ」

俺たちはタイダルに連れられて部屋を出る。

近くの階段を下りて遺跡の奥へと向かうと、通路の突き当たりに小さなドアがあった。

ドアの中央にはハンドルのようなものが取りつけられている。

「ここが宝物庫じゃ。内部には特殊な結界が張られているようでな、ワシの【千里眼《せんりみん》】でも中の様子は分からん。遺跡の記録によれば【転移者】に反応してドアが開くらしい」

「……微《かす》かですが、扉の向こうから神聖な気配を感じます」

俺のすぐ右横で、リリィが静かに言った。

「もしかしたら、三つ目の神器がここにあるのかもしれません」

神器というのは、戦神ウォーデンの力を宿した武器のことだ。

魔剣グラム、ユグドラシルの弓、そして無銘の聖槍《せいそう》の三つであり、前二つは俺の手元にある。

ドアの向こうでは最後の一つ……無銘の聖槍が眠っているのだろうか。

とりあえず中に入ってみよう。

俺が両手でドアのハンドルに触れると、【フルアシスト】の声が聞こえてきた。

コウ・コウサカは【転移者】を所有しています。

条件を満たしているため、宝物庫のロックを解除します。

ガシャン、という音が響き、ドアが自動的に奥へと開いていく。

その向こうは小さな部屋になっていた。

部屋の中央には横長の台座があり、そこにボロボロの槍《やり》が安置されていた。

槍は錆《さび》だらけで、しかも砕けて三つに分かれている。

「これが無銘の聖槍か？」

「……はい」

そう言って頷《うなず》くリリィの表情は、愕然《がくぜん》としたものだった。

「でも、まさか、こんな姿になっているなんて……」

「リリィちゃん、諦めるのは早いかもしれないわ」

アイリスはそう言って、無銘の聖槍を覗《のぞ》き込んだ。

「ねえコウ。あなたが使っているグラムも、最初に見つけたときは壊れていたのよね」

「……そうだな」

俺は目を閉じて当時のことを思い出す。

オーネンの地下都市に保管されていたグラムは、当初、真ん中で二つに折れ、刃も柄《つか》も錆《さ》びついていた。しかし【創造】で修復することによって本来の姿を取り戻している。

今回も同じことが可能かもしれない。

「【創造】を使ってみるか」

俺がそう呟《つぶや》くと、アイリスが頷いた。

「ええ。試してみる価値はあると思うわ」

「分かった」

俺は一歩前に踏み出し、右手で砕けた槍に触れる。

すると――脳内にレシピが浮かんだ。

砕けた聖槍（上）＋砕けた聖槍（中）＋砕けた聖槍（下）＋竜神の盾　↓　聖竜槍フィンブル

んん？

どうやら竜神の盾も素材に使うようだ。

このレシピによって生まれるのは修復された無銘の聖槍ではなく、まったく別の武器だった。

いったいどういうことだ？

俺の疑問に応えるように【フルアシスト】が情報を補足してくれる。

どうやら無銘の聖槍には戦神の力がほとんど残っておらず、このままでは修復は不可能らしい。

だから【創造】によって竜神の盾を融合させ、竜神の力を宿した新たな神器として作り直すようだ。効果としては氷の力を宿しているという。

だったら、火山を止めるのに役立ちそうだな。

俺としてはすぐにでも【創造】したいところだが、ここで素材が問題となる。

竜神の盾は竜人族の秘宝だし、聖槍は戦神教の神器だ。

どちらも自分だけの判断で素材に使っていいものじゃない。

「アイリス、リリィ、ちょっといいか？　実は――」

俺は二人に向かって今回のレシピを簡単に説明し、盾と聖槍を素材に使っていいか訊《たず》ねた。

それに対しての返答は次のようなものだった。

「あたしは構わないわ。たくさんの人を救うためだもの。竜神様も納得してくれるはずよ」

「私も同じ意見です。コウさんが必要と判断するなら【創造】の素材に使ってください」

「……分かった。それじゃあ、使わせてもらう」

俺はそう答えると、すぐに【創造】に取りかかった。

アイリスから竜神の盾を受け取り、砕けた聖槍のそばに置く。

右手をかざしてスキルの発動を念じる。

「――【創造】！」

カッ、と。

まばゆい閃光《せんこう》が弾《はじ》けた。

「すごい神気です……！」

リリィがゴクリと息を呑《の》んだ。

やがて光が過ぎ去ったあと、そこには青白い穂先を持つ大きな槍が生まれていた。

聖竜槍フィンブル：竜神の力を宿した神器。コウ・コウサカの【創造】によって大幅に強化されており、森羅万象あらゆるものを凍結させる。【竜神の巫女《みこ》】を持つ者にしか扱えない。
付与効果：《真・竜神結界EX》《竜神の加護EX》《絶対凍結EX》

……おお。

付与効果はどれもEXばかりだ。

盾と聖槍、二つの神器を融合させただけのことはある。

《真・竜神結界ＥＸ》は竜神の盾にあった《竜神結界ＥＸ》の上位互換であり、結界の強度、効果範囲などが全体的に向上している。

そして《竜神の加護ＥＸ》は使い手の身体能力および魔力を向上させる。地味だけど重要な効果だな。

効果としては《絶対凍結ＥＸ》だが、これは刃に魔力を込めることによって発動する。

『氷雪を自在に操り、対象を凍結させる』というもので、用途はかなり幅広い。

突き刺した敵を氷漬けにする、吹雪を巻き起こして周辺一帯を凍り付かせる、熱エネルギーを奪って分子運動を完全に停止させる……などなど。

うまく使えば、噴火を止めることも可能かもしれない。

俺はアイリスのほうを向いて告げた。

「槍を扱えるのは【竜神の巫女】だけらしい。アイリス、任せていいか？」

「……あたし？」

アイリスは右手で自分自身を指さすと、パチパチと瞬《まばた》きを繰り返した。

紅色の瞳を大きく見開いている。

どうやら俺の言葉がよほど予想外だったらしい。

だが、しばらくすると我に返って頷いた。

「分かったわ。責任重大ね」

「ああ、頼む」

俺はそう言って、一歩、後ろに下がる。

入れ替わるようにしてアイリスが前に進み、槍――フィンブルを手に取った。

すると、穂先がやわらかな光を放った。

「使えそうか？」

「……うん」

アイリスは槍をしげしげと眺めながら答えた。

「なんだか槍の意思みたいなものを感じるの。……すごくやる気になっているみたいだし、たぶん、大丈夫だと思うわ」

その言葉に応えるように、フィンブルの穂先がカッと強い輝きを放った。

なかなか頼もしいな。

ひとり頷いていると、足元がグラグラッと小さく揺れた。

天井からパラパラと砂粒のようなものが落ちてくる。

「不穏だな……」

「嫌な予感がしますわね……」

レティシアは髪や服に付いた砂粒を払いながら呟いた。

「残り時間も気になりますし、ひとまず、上の部屋に戻りませんこと？」

「ああ、そうしよう」

俺は頷くと、皆を連れて足早に宝物庫を出た。

階段を上ってモニタの部屋に戻る。

画面に表示されているカウントダウンは『４２：１５』となっていた。

この部屋を出てから戻ってくるまで、実際に経過した時間は一〇分ほどだ。

それなのに残り時間が半分以下になっているのは、噴火が早まったせいだろう。

「まずは槍の力を試してみよう。それでいいか？」

「もちろんよ。やれることは全部やりましょう」

アイリスは槍をグッと強く握りしめた。

「ねえねえ、マスターさん」

ふと足元を見れば、そこにスララの姿があった。

まっすぐに俺を見上げながら、静かな声で告げる。

「ぼく、ここに残っていいかな。……制御装置を調整すれば、もっと時間を稼げるかもしれないよ。マスターさんも、そのほうが助かるよね」

「……危険だぞ」

もし噴火が起こってしまった場合、遺跡がどうなるか分からない。

地震で崩落するどころかマグマが流入してくる可能性もある。

「だいじょうぶ！　うん、絶対にだいじょうぶだよ」

しかし、スララは強い口調で言い切った。

「マスターさんが火山を止めてくれるって、ぼく、信じてるから」

「ワシも残るとしようかのう」

そう言ったのはタイダルだった。

「今のワシは災厄としての力をほとんど発揮できん。火山のところまで一緒に行っても、ジジイの置き物が増えるだけじゃ。それくらいならば、ここで制御装置の調整をやっておったほうが貢献になるじゃろう。……いざというときはスララちゃんを連れて逃げるでな。そこは安心してくれ」

「……分かった」

俺は少し考えてから頷いた。

「スララ、タイダル。制御装置は任せる。ただ、危ないと感じたらすぐに遺跡から退避してくれ」

「わーい！　ありがとう、マスターさん！」

「うむ。これでも退《ひ》きどきというのは弁《わきま》えているつもりじゃよ。ワシらのことは気にせず、コウ殿は目の前のことに全力を尽くしてくれ。カカカカ！」

タイダルは頼もしげに胸を張ると、陽気な声で笑ってみせる。

それから表情をスッと引き締め、俺に向かって告げる。

「さっきも言ったが、フォートポートはワシの故郷じゃ。……ワシの友人たちはとっくにこの世を去ってしもうたが、あやつらの孫たちは元気に暮らしておる。その成長を見守るのがワシの数少ない楽しみなんじゃ」

そう語るタイダルの表情は、いかにも老人らしい穏やかな優しさに溢《あふ》れていた。

世界を滅ぼす災厄にはとても見えない。

「コウ殿、どうかフォートポートの街と、そこに暮らす者たちを守ってくれ。頼む」

そしてタイダルは深く、深く頭を下げた。

俺は頷くと、はっきりとした口調で告げた。

「任せてくれ。噴火は絶対に止めてみせる」

第十四話　火山の噴火に立ち向かってみた。

こうしてスララとタイダルは残ることになった。

あとはリリィ、それからレティシアだな。

「私は、行きます」

リリィは控えめながらも強い意思を窺《うかが》わせる口調でそう言った。

「アイリスさんの新しい槍《やり》ですが、数年前に【予知夢】で何度か見ています。もしかしたら、夢の内容が役に立つかもしれません」

「わたくしもご一緒させてくださいませ」

リリィに引き続いて、レティシアが口を開く。

「傲慢竜《ごうまんりゅう》には【支配】以外にも固有能力がありますし、あるいはそれが役に立つかもしれませんわ」

「分かった。それじゃあ、よろしく頼む」

「ええ、お任せくださいませ」

レティシアはそう言うと、スカートの裾を広げて一礼した。

相変わらず、その仕草はとても優雅なものだった。

一瞬、ここが舞踏会の会場ではないかという錯覚すら抱いてしまう。

そんな俺を現実に引き戻したのは、小さな揺れだった。

「……………また地震か」

モニタを見れば、右上のタイムリミットは『２４：１５』になっていた。

残り時間が大きく減っている。

急いだほうがいいだろう。

「皆、行くぞ」

俺はアイリスたちにそう呼びかけて、モニタの部屋を飛び出した。

あとは時間との戦いだ。

絶対に噴火を止めてみせる。


俺たちは小走りで船のドックまで引き返した。

【アイテムボックス】を開き、エクシード・クルーザーの取り出しを念じる。

水面に大きな魔法陣が浮かび、そこから全長十五メートルを超える船が現れる。

船体の中央部にはデストが突き刺さるように接続されている。

デストは俺のほうを向くと、ガシャンと敬礼して声を発した。

「オ疲レサマデス、マスター！　ゴ用事デショウカ！」

「ああ。すぐにここから出る」

俺はデストにそう告げて、エクシード・クルーザーに乗り込んだ。

その後ろにアイリス、リリィ、レティシアが続く。

全員が乗り込むと、デストが言った。

「デハ、出発シマス！」

その声に合わせてエクシード・クルーザーのエンジンがヴィィィィインと唸《うな》りをあげた。

船はドックを離れ、正面のゲートをくぐる。

「島全体が見えるところまで距離を取ってくれ」

「合点承知デス！」

デストが俺の言葉に頷《うなず》く。

エクシード・クルーザーは急加速すると、一気に洞窟の外に出た。

そのままマホロス島から遠ざかっていく。

残り時間は、どれくらいだ？

俺の問いかけに【フルアシスト】が答えた。


遺跡の制御システムとの通信を確立しました。

噴火までの推定時間は十八分三十秒となっています。


なかなかギリギリだな。

だが、こういうときこそ冷静さを保つことが大切だ。

俺は大きく深呼吸する。

視線を島のほうに固定したまま、タイミングを見計らってデストに声をかける。

「そろそろ船を止めてもらっていいか？」

「了解デス！　減速シマス！」

エクシード・クルーザーはターンしながら減速をかける。

ババババババッと白い波飛沫《なみしぶき》が上がった。

やがて完全に停止したとき、船の正面はちょうどマホロス島のほうを向いていた。

島の中央にある火山からは煙がもくもくと立ち上り、あたりにはヒリついた気配が漂っている。

空は黒雲に包まれており、太陽は見えない。

ずいぶんと不吉な天気だ。

俺は眉をひそめつつ、アイリスに告げた。

「そろそろ始めてくれ。いけるか？」

「ええ、大丈夫よ」

アイリスは小さく微笑《ほほえ》むと、フィンブルを掲げる。

槍の穂先が青色の輝きを放った。

「……槍が言ってるわ」

アイリスが目を伏せながら呟《つぶや》いた。

「火山を部分的に凍結させても意味がない。むしろ噴火が早まる可能性がある、って」

「……確かにな」

俺もあまり詳しいわけではないが、高校時代の授業で「マグマが冷えると噴火が起こる」という話を聞いた記憶がある。

温度が下がるとマグマの一部が結晶化し、そこに溶けていたガスが外に逃げ出してしまう。結果として圧力が上昇して、噴火の原因になる。

フィンブルが言いたいのは、おそらく、そういうことなのだろう。

俺がひとり納得していると、さらにアイリスが続ける。

「いまからフィンブルが《絶対凍結EX》で火山全体に干渉して、目に見えないほどの小さな〝つぶ〟の動きを止めていく――らしいわ。広範囲に力を及ぼす必要があるから、かなり時間がかかるけど……とにかく、やってみるわね」

目に見えないほどの小さな〝つぶ〟？

それは原子や分子のことを言っているのかもしれない。

絶対零度《れいど》の世界において、原子・分子の運動はすべて静止する。

フィンブルはその状態を作り出すことによって、噴火を抑え込もうとしているのだろう。

とんでもない力だな……。

自分で作り出したアイテムとはいえ、ついつい感心してしまう。

そのあいだにもフィンブルは輝きを増していた。

ヒュウウウウウウ、と冷たい風が吹く。

……ん？

首のあたりに小さい、水のようなものがフワッと当たった。

これは何だろうか。

「雪、ですわね……」

レティシアが空を見上げながら呟いた。

どこか懐かしそうな表情なのは、雪国出身だからだろう。

雪はじめ、ハラリ、ハラリ、と遠慮がちに降っていた。

だが、やがて雪の勢いはだんだんと強くなっていった。

周囲の気温も下がりはじめ、冷たい風が吹く。

「寒い、です」

リリィがぶるりと身を震わせた。

俺はフェンリルコートを脱ぐと、その肩にかけてやる。

「ありがとうございます……。でも、コウさんは大丈夫ですか？」

「問題ない。平気だよ」

しかし、このままだと雪の重さで船が沈むかもしれない。

俺がそう思った矢先、デストが声を張り上げた。

「魔導炉心、最大稼働ニ移行シマス！　ヒーター、オン！」

エクシード・クルーザーの内部から、ヴォォォォォォォォォンという雄叫《おたけ》びのような駆動音があがった。

やがて周囲がポカポカとしてくる。

デッキに積もった雪も解け始めた。

こんな便利な機能もあるんだな。

さて、火山のほうはどうだろうか。

俺はマホロス島へと眼を向ける。
火口からはいまだに煙が激しく立ち上っていた。

噴火までの推定時間は十二分三十秒です。
フィンブルの《絶対凍結ＥＸ》発動まで、あと八分五十秒です。

【フルアシスト】が脳内でそうアナウンスし、さらに情報を補足してくれた。
この雪は《絶対凍結ＥＸ》の副産物に過ぎず、今はまだ魔力を練っている段階らしい。
ともあれ、このまま順調にいけば噴火には間に合いそうだ。
……などと油断していたら、きっと想定外の事態が起こるのだろう。
日本にいたころ、炎上案件の処理では何度もそういう目に遭っている。
もう大丈夫だと感じたときが一番危ない。
いざというときに備えて、フィンブル以外の手札も探しておきたいところだ。
そう思った矢先のことだった。

ゴゴゴゴゴゴゴゴゴゴゴゴ……！

マホロス島のほうから、唸るような轟音《ごうおん》が響いてきた。
海が揺れ、波が激しく音を立てた。

エクシード・クルーザーには《安定性強化S》が付与されているため、船体はさほどグラつくことはなかった。

しかし、それよりも重要なことがある。

火山が、震えていた。

轟音が強くなっている。

これは、マズいんじゃないか？

脳内で【フルアシスト】がアラートを告げる。

噴火までの推定時間が急に縮まっていた。

残り、三十秒。

俺は咄嗟《とっさ》に叫んだ。

「槍を使え、アイリス！」

「……っ!?」

アイリスは一瞬だけ戸惑ったような表情を浮かべたが、すぐにこちらを見て頷いた。

掲げていた槍を振り下ろし、同時に、声を張り上げる。

「――はああああああああああっ！」

フィンブルがまばゆい閃光《せんこう》を放った。

俺は思わず目を閉じる。

ひときわ強い風が吹いた。

やがて光が過ぎ去ったあと、ゆっくり瞼《まぶた》を開くと――

火山は真っ白な雪に覆われていた。

轟音はだんだんと収まりつつあった。

噴火を食い止めることができたのだろうか。

俺の疑問に応えるように【フルアシスト】が告げる。


フィンブルの《絶対凍結ＥＸ》は不完全な形での発動でした。

火山活動はいまだ続行していますが、現時点での噴火は回避されました。


時間の猶予を稼ぐことはできた、ということだろうか

肯定です。

噴火までの推定時間は、七分三十秒となりました。

フィンブルの《絶対凍結ＥＸ》をあらためて発動させるには八分四十五秒が必要です。


まずいな。

これじゃあ間に合わない。

アイリスはすでにフィンブルを掲げて《絶対凍結ＥＸ》の再発動に取りかかっているが、時間の不足を感じ取っているらしく、その表情は険しい。話しかけることも躊躇《ためら》われるほどだった。

火山を止めるためには、他にも手札が必要だ。

何かないか？

俺はあたりを見回し――ふと、リリィと眼が合った。

寒さが苦手らしく、さっき俺が貸したフェンリルコートをぎゅっと掴《つか》んでこちらを見上げている。

「あの、コウさん」

「どうした？」

「……私、この光景を知っています」

そう言って、視線を火山のほうへ向ける。

すでに火口周辺の雪は解け始めていた。

噴火までの推定時間は――五分十三秒だ。

「【予知夢】で見ました。青白い槍、雪に覆われた火山、あとは……」

と、そこでリリィは急に口ごもってしまう。

「すみません。うまく言葉にならなくて……」

「別に構わないさ。曖昧でもいいから教えてくれないか？」

「……分かりました」

リリィはこくりと頷いて、先ほどの続きを告げる。

「夢の中では、空からとても大きな塊が落ちてきました。隕石《いんせき》、でしょうか……？　それが火山にぶつかったかと思ったら、金色の光がパァッと広がったんです。――そのあとは、分かりません。目が覚めてしまいましたから……」

「なるほどな」

ひとまず頷いてみたが、まったく意味が分からない。

もう少しヒントが欲しいところだ。

「――隕石でしたら、心当たりがありますわ」

そう言ったのは、すぐ横で話を聞いていたレティシアだった。

空を見上げながら言葉を続ける。

「傲慢竜の固有能力のひとつに【墜星《ついせい》】というものがありますの。天に輝く星々を召喚し、大地に叩《たた》きつける。そんな力ですわ」

つまり、隕石を落としての攻撃ということだろうか。

ある意味、世界を滅ぼす災厄にふさわしい固有能力かもしれない。

「【墜星】で召喚した隕石を火山にぶつける、というのはいかがでしょう。火山そのものを消し飛ばせば、噴火の危険はありませんわ」

それは非常にレティシアらしい、豪快で力任せの案だった。

面白いと言えば面白い。

だが、危険すぎる。

隕石が地上に激突すれば、衝撃波によって地震や津波が起こり、フォートポートは壊滅的な被害を受けるだろう。それではまったく意味がない。

今回の目的は『街の人々を守ること』なのだ。

俺はそのことをレティシアに伝えたあと、こう言った。

「火山の存在そのものを無くしてしまう、という発想はアリかもな」

「ではその方向で考えるとして……【墜星】での破壊がダメでしたら、逆に、火山をただの山に作り変えてしまうとか――「それだ」――えっ？」

頭の中に、閃《ひらめ》くものがあった。

俺には【創造】というスキルがある。

火山を素材にして、新たな山を作ってしまえばいいんじゃないか？

たとえばザード大橋を修復したときのように――

あるいはフォートポートの港を作り直したときのように――

強引な方法かもしれないが、どうだろう。

そうですね。

確かに強引そのものですが、検討の価値はあります。

頭の中で【フルアシスト】が答える。

その声は、まるで苦笑しているようにも感じられた。

これより新たな山の【創造】を実現するための手段を構築します。

しばらくお待ちください。

ああ、よろしく頼む。

いつも【フルアシスト】には世話になってばかりだな。
本当にありがとう。

どういたしまして。
スキルと会話をするなんて、貴方《あなた》も不思議な方ですね。

俺もそう思うよ。
けれど、感謝の気持ちを伝えるくらいはいいだろう？

かもしれませんね。

……構築が完了しました。
今回の【創造】は精神領域への多大な負荷が予想されます。
最悪の場合、思考・感情を消失し、廃人になるかもしれません。
プロセスを実行してもよろしいですか？

俺は大きく息を吸い込んだ。
廃人になるかもしれない。

そんなことを言われると、さすがに多少は動揺する。

けれど――

ここで逃げ出すのは、あまりに後味が悪すぎる。

一生、ずっと後悔する。

それは嫌だ。

助けられるはずの誰かを見捨てるくらいなら、命懸けで立ち向かうほうがいい。

「――プロセスを実行してくれ。火山を作り変える」


承知しました。

【フルアシスト】は貴方の勇気と決断に惜しみない賛辞を捧げます。

これより【創造】に必要な情報のインストールを実行します。


直後、洪水のように情報が脳内に流れ込んでくる。

それはコンマ数秒に満たない間のことだったが、気がつくと、俺は自分が何をするべきかを完全に理解していた。

噴火までの残り時間は五分を切っている。

手早くいこう。

「レティシア、【墜星】の準備をしてもらっていいか?」

「えっ?」

俺の言葉に、レティシアは戸惑いの声をあげた。

無理もないよな。

だが、【墜星】を使う案は、ついさっき却下したばかりだ。

レティシアは俺のほうを見ると、すぐに頷いた。

「承知しましたわ。……コウ様なりに考えがありますのね」

「ああ。合図をしたら隕石を召喚してくれ」

「任されましたわ。ふふ、腕が鳴りますわね」

レティシアは不敵な笑みを浮かべると、右手に流星の輝きを纏《まと》わせた。

風が渦巻き、黄金色の長い髪がふわりと浮き上がる。

その姿は思わず見入ってしまうほど凛々《りり》しく美しいものだった。

けれど、今はそれどころじゃない。

俺はレティシアから視線を外すと、アイリスのところへ向かう。

その周囲には青白い粒子が立ち込めていた。

《絶対凍結ＥＸ》を発動させるべく、魔力を練り上げているのだろう。

「アイリス、作戦変更だ」

「了解よ。……山を作り変えるのね」

「よく分かったな」

「コウの声、聞こえていたもの」

アイリスはふっと微笑むと言葉を続ける。

「あたしは何をしたらいいかしら」

「レティシアが隕石を落とすのと同じタイミングで、火山を凍らせてくれ」

「分かったわ。火山を部分的に凍らせたら噴火が早まる可能性があるけど、【創造】で山そのものを作り変えるなら問題はなさそうね」

「そういうことだ。よろしく頼む」

俺はアイリスにそう伝えると、最後に、リリィのところへ向かった。

「コウさん。私の役目って、ありますか」

「もちろんだ。ちょっと待ってくれ」

俺はリリィにそう答えると、【アイテムボックス】を開いた。

ユグドラシルの弓を取り出すと、頭の中で声が響いた。


これよりユグドラシルの弓に対して強制干渉プロセスを行い、封印を解放します。

【リミットブレイク】を発動させてください。


――【リミットブレイク】。

それは暴食竜との戦いを終えた直後に入手したスキルであり、一時的に魔力容量を大きく引き上げることができる。

俺は意識を集中させ、スキルの発動を念じた。

「……来い」

その瞬間、全身を黄金色の暖かな光が包んだ。

黒竜や暴食竜との戦いで起こった現象と同じものだ。

魔力が満ちていく。

ＭＰ換算で50万、１００万、２００万――

数秒のうちに１０００万どころか1億、さらに10億、１００億と増加していた。


強制干渉プロセスを開始します。


黄金色の光が、弓へと流れ込む。

同時に、頭がズキンと痛んだ。

これが精神領域への負荷だろうか。

頭蓋骨《ずがいこつ》にヒビが入ったような感覚だ。

「くっ……」

思わず、右手を側頭部に当てた。

「コウさん⁉」

リリィが驚いたように声をあげる。

俺は首を横に振って答えた。

「平気だ。気にしなくていい」

「でも……」

「俺を、信じてくれ」

真剣な表情で、そう告げる。

リリィは不安そうに沈黙していたが、やがて、こくりと首を縦に振った。


強制干渉プロセス、成功しました。

ユグドラシルの弓の封印を解除、25パーセントの出力で使用可能です。

弓の状態を『対災厄』から『【創造】補助』に移行させます。


ユグドラシルの弓は災厄を殺すだけの武器ではない。

【創造】を補助するための機能も兼ね備えている……らしい。


これより矢の召喚プロセスを実行します。


俺の身体を包む黄金色の光が、さらに輝きを増した。

頭痛がさらに激しくなり、視界が明るくなったり暗くなったりを繰り返す。

まるで壊れかけのテレビのようだ。

やがて、虚空に魔法陣が現れる。

俺はそこに右手を入れる。

指先に何かが当たったので、掴んで取り出す。

それは金色に輝く矢だった。

『災厄殺しの矢』とは違う。

あれは銀色の光を纏っていた。

だったら、この金色の矢は何だろう？

自動的に【鑑定】が発動し、矢についての情報が流れ込んでくる。

名前は『ユーミルの矢』というらしい。

これを【戦神の巫女《みこ》】が放つと、周辺一帯の事象すべてを【創造】の素材として使用可能になる。

戦神ウォーデンの力によって万物の存在そのものを「脆《もろ》く」する……らしいが、正直、ふんわりとしか理解できない。

ただ、ユーミルという言葉には聞き覚えがあった。

北欧神話に出てくる巨人で、最高神オーディンはユーミルの身体を素材として、宇宙を創造したという。

やっぱりこの世界、北欧神話っぽいところがあるよな。

俺はそんなことを考えながら、弓と矢をリリィに手渡す。

「さっきアイリスにも同じことを言ったが……レティシアの隕石が落ちてきたら、魔力を込めて矢を放ってくれ。――――っ！」

右眼の奥で、何かが弾《はじ》けるような感覚があった。

思わず言葉が途切れてしまう。

頬《ほお》のあたりを何かが伝う。

右手で拭《ぬぐ》ってみると、どろりとした血が付いていた。
どうやら眼から出血したらしい。
召喚プロセスの反動だろうか。
頭痛は今も続いている。
正直、すべてを投げ出してしまいたいくらいに辛《つら》い。
俺はどうにか意識を繋《つな》ぎ留めながら言葉を続ける。
「矢の召喚は俺のほうで済ませた。リリィに負担はないはずだ」
「……ありがとうございます」
リリィは今にも泣き出しそうな表情でこちらを見上げていた。
「心配しなくていい。俺は無事だ」
強がりの笑みを浮かべながら、俺はリリィの頭を撫《な》でる。
さて。
最後は、俺の準備だな。
【アイテムボックス】を開き、精霊の指輪と、黄昏《たそがれ》の巻物を取り出す。
指輪を、右手の中指に嵌《は》めた。
すると、巻物がひとりでに広がり、宙に浮かび上がった。

黄昏の巻物との接続が確立されました。
これより条件の確認を行います。

創造神、精霊、竜神、戦神、そして災厄――。
五つの大いなる力を束ねることが、黄昏の巻物に与えられた役割だ。
それが今、果たされようとしている。

一、コウ・コウサカは【創造】を取得しています。
二、コウ・コウサカは精霊の指輪を所持しています。
三、この場に【竜神の巫女】アイリスノート・ファフニルの存在を確認しました。
四、この場に【戦神の巫女】リリィ・ルナ・ルーナリアの存在を確認しました。
五、この場においてコウ・コウサカに対して協力的な災厄の存在を確認しました。
　名は『赫奕《かくやく》たる傲慢竜』レティシア・ディ・メテオールです。
すべての条件が満たされているため、【創造】の性能制限を一時的に解除します。

そして――
フッと、急にすべての痛みが消えた。
意識がクリアになる。
まるで熟睡したあとの清々《すがすが》しい朝のような心地だった。
思考が澄み渡っている。
【創造】の制限が解除されたことが、俺の心身に影響を及ぼしているのだろうか。

今なら何でもできそうな気がする。

噴火までの残り時間は――五十六秒。

タイムリミットは目前だ。

火山が鳴動し、海が揺れる。

またも地震が訪れた。

だが、残り時間の減少は起こらなかった。

理由は【フルアシスト】が教えてくれた。

スララとタイダルが制御装置の調整を続けてくれたおかげで、ギリギリのところで踏みとどまれたらしい。

ありがとうな、二人とも。

俺は小さく笑みを浮かべながら、レティシアに告げる。

「――今だ。頼む」

「かしこまりましてよ！」

レティシアの【墜星】が発動する。

空に巨大な魔法陣が現れた。

「はあああああああああああああっ！」

裂帛《れっぱく》の気合を込めた掛け声とともに、レティシアが右腕を振り上げる。

その手から光の鎖が伸び、魔法陣へと吸い込まれた。

「……つかまえましたわ」

レティシアは小声でそう呟くと――右腕を振り下ろした。

「やああああああああああああっ！」

すると、右手から伸びる光の鎖に引っ張られるようにして、魔法陣から巨大な隕石が現れる。

直径はおそらく百メートルを超えている。

まるで空が落ちてくるような威容を誇っていた。

巨大な質量が、火山へと迫る。

そのタイミングで俺は叫ぶ。

「アイリス！　リリィ！」

「任せて！」

「……行きます！」

アイリスの持つフィンブルが青い閃光を放ち、火山が氷雪に包まれる。

同時に、リリィの持つ弓からユーミルの矢が放たれた。

矢はきらめくような輝きを纏い、金色の流星となる。

皆、よくやってくれた。

あとは俺の仕事だ。

火山、氷雪、隕石、そして可能性の矢。

この場に揃《そろ》った四つを素材にして【創造】を発動させる。

「はああああああああああああっ！」

まばゆい閃光が弾ける。

【創造】の性能制限は解除されているため、もはや手を触れる必要はない。

俺が願うことなら、すべてが現実となる。

火山と氷雪を混ぜ合わせることで噴火を抑え込む。

ここに隕石を加えて新たな鉱山を生み出した。地盤も作り直しておく。

あらゆる工程は一瞬のうちに行われた。

自分で言うのも変な話だが、まさに神の御業としか言いようがない。

マホロス島を包む黄金色の閃光はだんだんと薄れてゆき、やがて完全に消えてしまった。

【創造】によって生まれた鉱山はもともとの火山よりも一回り大きく、島の面積の半分以上を占めている。マグマはすべて鉱物資源となり、山の構造が変わって火口そのものがなくなったため、煙の噴出は止まっていた。

もう地響きは聞こえない。

耳に入るのはエクシード・クルーザーのエンジン音くらいだ。

俺は一瞬だけ、フォートポートの方角に視線を向ける。

これで街の危機は去った。

被害は未然に防げたし、犠牲者もいない。

文句なしの、ハッピーエンドだ。

第十五話　鉱山を探索してみた。

【創造】といえば付与効果が気になるところだが、鉱山のほうには《無限鉱石ＥＸ》が、地下の地盤には《マグマ鎮静化Ｓ＋》と《振動吸収Ｓ＋》がそれぞれ付与されていた。

《無限鉱石ＥＸ》の効果としては、一定期間が経過すると鉱山内部の鉱石が復活するらしい。

ＲＰＧの採集ポイントのような場所と考えればいいだろう。

《マグマ鎮静化Ｓ＋》は地底のマグマを鎮静化させ、火山が生まれること自体を防ぐ。

《振動吸収Ｓ＋》は地震対策だ。どんな原因の揺れであろうとも完全に吸収してくれる。この二つがあれば、今回のような事態でフォートポートの安全が脅かされることもないだろう。

そんなことを考えていると、宙に浮かんでいた黄昏《たそがれ》の巻物がひとりでにクルクルと巻き上がり、俺の手元に戻ってきた。

【アイテムボックス】へ収納していると、頭の中に声が響く。


黄昏の巻物との接続を終了します。

【創造】、お見事でした。

最良にして最善の結果だったと考えられます。


ありがとう。

【フルアシスト】がサポートしてくれたおかげだよ。

どういたしまして。
貴方《あなた》が無事で本当によかった。

廃人になるかもしれない、なんて話だったもんな。
そっちはどうだ？

……。

ん？
大丈夫か？

失礼しました。
今回のプロセスは負荷が非常に大きく、しばらくのクールタイムが必要となります。
最低限の機能を残したセーフモードに入らせていただいてよろしいでしょうか？

ああ、構わない。
ゆっくり休んでくれ。

ありがとうございます。
それでは、またお会いしましょう。

その言葉と共に、何かが離れていくような感覚があった。

セーフモードで再起動します。

頭の中に響いた声は、先ほどまでとはまったく違う印象だった。
その響きはどこまでも機械的で淡々としており、俺としては寂しく感じるところだが、今回は【フルアシスト】も頑張ってくれたからな。まずはセーフモードでゆっくり休んでもらおう。
そんなことを考えていると、無機質な声は「【創造】のランクが25になりました。レシピが増加します」と伝えてくる。
もともとのスキルランクが17だったから、一気に8も上昇したことになる。

新たなスキルとして【素材代替Ⅰ】が解放されました。

おっと。
スキルが追加されたらしい。

いったいどんな効果だろうか？

……なるほど。

【素材代替Ⅰ】というのは「今まで実行したことのあるレシピで【創造】を行う場合、必要とされる素材のうち一種類を魔力消費で代替できる」というスキルらしい。

たとえばフライングポーションのレシピは「飛ぶダケ×一　＋　潤いダケ×一」だが、飛ぶダケがあれば潤いダケは用意しなくていい。魔力消費によって代替できる。

これはなかなか便利なスキルだ。

他に気になる点としては、【素材代替Ⅰ】の数字だな。

今後、もしかすると【素材代替Ⅱ】や【素材代替Ⅲ】が追加されていくのかもしれない。

そんなことを考えているうちに足から力が抜けた。

さっきの【創造】の反動だろう。

「おっ、と……」

俺は危うく転びそうになり——そこに、左からアイリスが肩を貸してくれた。

「コウ、立てそう？」

「……正直、今は厳しいな」

「じゃあ、あたしに寄りかかってて」

「悪いな」

「いいのよ。気にしないで」

アイリスはそう答えると、気遣うような視線をこちらに向けてくる。

「痛いところはない？　スキルの発動、かなり辛《つら》そうだったけど……」

「発動するまでは確かにキツかったな。けど、いまは疲れているだけだよ。心配しなくていい」

俺がそんなふうに答えていると、リリィがこちらにやってきた。

リリィもリリィで、不安そうな表情を浮かべている。

「コウさん、右眼《め》は大丈夫ですか？」

「ん？　ああ。ちゃんと見えてるよ」

俺は右眼の視界を確かめながら答えた。

そういえば『ユーミルの矢』を召喚したとき、いきなり出血したっけな。

リリィはその現場をすぐ間近で見ていたわけだから、ショックも大きかっただろう。

……なんだか、ちょっと申し訳ないな。

そんなことを考えていると、リリィが俺のほうを見て、ぺこりと頭を下げた。

「今回は、ありがとうございました」

んん？

どういうことだ？

リリィに礼を言われる理由が思い当たらないぞ。

俺が首を傾《かし》げていると、リリィがさらに言葉を続けた。

「弓の起動も、矢の召喚も、ほんとうは私の仕事です。でも、今回はコウさんが代わりに全部やってくれました。……自分のために誰かが無理をするのって、辛いこと、なんですね」

「――だからこそ、皆で助け合う必要がある、ということですわね！」

それは湿っぽくなった空気を吹き飛ばすような、レティシアの爽やかな声だった。

たとえるなら、夏の涼風、といったところか。

どこまでも明るく、カラッとして心地いい。

レティシアのほうを見れば、彼女は一瞬だけ俺と眼を合わせて頷《うなず》き、黄金色の髪を右手でかきあげた。

それから視線をマホロス島に向け、歌劇のワンシーンのように大きな身振り手振りを交えながら、高らかに声を張り上げる。

「皆様、あちらをご覧くださいまし！　わたくしの隕石《いんせき》と、アイリスさんの氷雪と、リリィさんの矢、そしてコウ様の【創造】で作り上げたあの鉱山、とても素晴らしい出来栄えとは思いませんこと？　太陽の光を受けて、宝石のように輝いていますわ！」

テンション高いな……！

きっとレティシアなりに場の雰囲気を変えようとしてくれているのだろう。

それは俺も賛成だ。

身体の心配をしてもらえるのはありがたいが、今はそれよりも、【創造】の成功を喜びたい。

「ミナサン、オ見事デシタ！　スゴカッタ、デス！」

レティシアの言葉に便乗するように、デストが声を発した。

「自分モ、移動以外ノ形デ、マスターニ貢献シテミタイ、デス！」

デストはそう言うと、ガシャン、と両腕を掲げてポーズを取った。

「分かった。覚えておくよ」

俺は苦笑しながら頷くと、他の皆に向かって告げる。

「今回、うまくいったのはみんなのおかげだよ。本当にありがとうな」

「かなりギリギリだったけど、間に合ってよかったわ……」

アイリスが、ホッと、安堵《あんど》のため息をつく。

「でも、まさか氷雪が【創造】の素材になるなんて予想外だったわ」

「それはわたくしも同じですわ」

うんうん、とレティシアが頷く。

「【墜星《ついせい》】は破壊のための力とばかり思っていましたから、本当にビックリしましたもの。コウ様は常識外れというか、どこまでも規格外ですわね」

「本当に、すごい力です……」

リリィがしみじみとした様子で呟《つぶや》く。

「これで噴火の心配もありませんし、フォートポートも大丈夫でしょうか……？」

「ああ。そのはずだ」

俺はリリィの言葉に頷いた。

空を見上げれば、ちょうど島の周囲だけぽっかりと雲が消えていた。

おそらく【創造】に巻き込まれ、素材として消費されたのだろう。

……とんでもない力だな。

自分のやったことではあるが、それでも驚かずにいられない。

南の方角から太陽が差し込み、船の周囲を明るく照らしている。

俺たちは互いの健闘を称《たた》え合いながら、島に戻ることにした。


エクシード・クルーザーは崖下の洞窟を通り、奥のゲートをくぐって遺跡内のドックに入った。

そこにはスララとタイダルの姿があった。

どうやって火山を止めたかを説明すると、二人は目を丸くして驚いていた。

「マスターさん、どんどん神様みたいになってるね……！」

「コウ殿はまさに規格外じゃのう……。ワシが全力を出したとしても勝てる気がせんわい」

タイダルは感嘆のため息をつくと、スッと表情を引き締めて告げた。

「オヌシには本当に感謝しておる。コウ殿がいなければ火山は噴火し、フォートポートは地震と津波で壊滅しておったじゃろう。ワシの故郷を守ってくれた恩、絶対に忘れはせん。ワシに何かできることがあれば、いつでも声をかけてくれ」

そして、右手を差し出してくる。

俺も右手を出して握手に応える。

そのときだった。

頭の中に無機質な声が響いた。

『遥《はる》かなる怠惰竜』との契約が成立しました。

以後、【災厄召喚】での召喚が可能となります。


なんだって？

予想外のアナウンスに戸惑っていると、タイダルが「ほほう！」と声をあげた。

「ワシを【災厄召喚】で呼べるようになったみたいじゃのう」

「分かるのか？」

「なんとなく、じゃがな」

タイダルはニカッとした笑みを浮かべて答える。

「もし次に暴食竜が現れたら【災厄召喚】でワシを呼んでくれ。そのスキルを経由すれば、コウ殿の魔力を借りるかたちにはなるが、三分程度なら全力で戦うこともできるじゃろう。それに、ヤツにとって、ワシの固有能力は天敵のようなものじゃからな」

それはいいことを聞いた。

暴食竜とはいずれ再び戦う機会があるだろうし、そのときはタイダルを頼らせてもらおう。

俺がひとり頷いていると、すぐ横でレティシアが呟いた。

「不思議ですわね……」

「どうした？」

【災厄召喚】は倒した災厄を従えるスキルであって、契約を結ぶような機能は備わっていないはずですの。わたくしの記憶が間違っているのでしょうか……？」

「いやいや、レティシア殿の記憶で合っておるぞ。おそらく、コウ殿の在り方に合わせてスキルが変化したのじゃろうな」

タイダルはそう言って、俺のほうに視線を向ける。

「コウ殿も、何か身に覚えはないかの。これまでの旅の中で、スキルが進化するようなことが何度もあったはずじゃ」

「……そうだな」

俺は頷く。

たとえば【創造】の場合、もともとは【アイテムボックス】内のアイテムしか素材に利用できなかった。しかしランクアップを経ることにより、手に触れた物体も素材として使うことが可能になっている。さらに先ほどは【素材代替Ⅰ】という補助的なスキルも手に入れた。

【フルアシスト】も異世界に来た当初に比べると口数が多くなったし、自発的な提案が増えた。

これも進化といえば進化だろう。

俺がそんなふうに納得していると、タイダルが続けた。

「自分に関わるものを変化、進化、あるいは成長させる。それがコウ殿の固有能力なのかもしれんのう」

「固有能力って、まるで災厄だな」

俺が肩をすくめると、タイダルは冗談めかした口調でこう言った。

「【転移者】も災厄も、世界の〝外〟から呼び寄せられた存在じゃ。その意味では似たじゃよ。カカカカ！」


そのあと、俺たちは新しく生まれた鉱山に向かうことにした。

遺跡には転移用の魔法陣が残っており、島の上ならどこにでも移動できる。

それを使って鉱山の手前にワープした。

鉱山の入口は縦長の長方形となっており、高さは十メートル、横幅は二十メートルくらいだ。

「広いな……」

「出入りはしやすそうね」

「トロッコの線路を引くのも楽だと思いますわ」

そんな会話をしながら鉱山の中へと足を踏み入れる。

内部はひんやりとした風が吹いており、なかなかに居心地がいい。

天井に眼を向けると、岩壁と岩壁のあいだに橙色《だいだいいろ》の光を放つ鉱石が埋まっており、それらが光源となって鉱山の内部を照らしていた。

一分ほど歩いた先には、大広間のような場所があった。

五十メートル四方の空間で、そこからさらに広めの通路がいくつも延びている。

通路ごとにさまざまな鉱床が存在しており、しかも量も豊富だ。

金、銀、銅、鉛、錫《すず》、鉄、クロム、石炭、さらにはオリハルコン原石――。

この世界に存在する、ありとあらゆる鉱物がここに揃《そろ》っていた。

「まるで鉱山の形をした博物館じゃのう……」

タイダルが感嘆のため息をつく。

「こんなにも多くの鉱物が見つかる山など、世界に二つとないじゃろう。【創造】とは本当に凄《すさ》まじい力じゃのう……」

「マスターさん、すごいね！」

スララは元気よく声をあげると、ピョン、とその場で飛び跳ねた。

いつのまにか頭には黄色い安全ヘルメットを被《かぶ》り、右手にピッケルを持っている。

「ぼくはざくざくスライム！　鉱物を掘って掘って掘りまくるよ！　ほしいものはあるかな？」

「じゃあ、オリハルコン原石を集めてもらっていいか？」

「はーい！　まかせて！」

スララはやる気まんまん、といった様子でオリハルコン原石の鉱床へと向かっていった。

どうしてオリハルコン原石を採ってくるように頼んだかといえば、【創造】がランクアップしたことによって頭の中に新たなレシピが浮かんでいたからだ。

現在、フォートポートの港には古代の巨大戦艦——オリハルコンロックスを停泊させている。

オリハルコンロックスは残念ながら万全の状態ではない。

原因は俺とレティシアにある。海賊と戦ったとき、手加減ナシで大暴れをしたせいだ。

デッキの魔導レーザー砲台はすべてスクラップになっているし、内部の構造もあちこち破損している。このまま長距離を航行させるのは危険極まりない。

しかし、オリハルコン原石を集めてオリハルコンロックスと一緒に【創造】すれば、大型の豪華客船として作り直すことが可能らしい。

これなら王都行きの船を待つ必要がないし、非常に好都合だ。

がんばれスララ、俺たちの旅はそのピッケルさばきにかかっている。

トントントントン！

カンカンカンカン！

「すごい音がします……！」

リリィがゴクリと息を呑《の》んだ。

スララが向かっていった通路からは、ものすごく激しい金属音が響いていた。


それから俺たちは三十分ほどかけて鉱山内を探索し、大広間（のような場所）に戻ってきた。

すると、通路のひとつからヌッと巨大な影が姿を現した。

「マスターさん、ただいまー！　いっぱい採ってきたよ！」

それは青くて、丸くて、ぷにぷにとしている。

スララだ。

ただ、その大きさは本来の五倍、いや、十倍くらいのサイズに膨れ上がっていた。

でかい……。

「スララちゃん、ちょっと見ないあいだに大きくなったわね……」

「成長期にしては急すぎますわね……」

アイリスとレティシアが驚きの表情を浮かべながらそんなことを呟く。

「スララ、いったい何があったんだ？」

「えっとね！　オリハルコン原石を運んできたよ！　いま出すね！」

スララはそう言って、口を大きく開いた。

すると、そこから金色に輝く岩石がポポポポポポポポーンと勢いよく飛び出した。

【鑑定】してみると、すべてオリハルコン原石だ。

とりあえず片っ端から【アイテムボックス】に収納していく。

その量は一〇トンを超えており、【創造】に必要な分はすでに満たしている。

「ふう！　これでおしまいだよ！」

すべてのオリハルコン原石を吐き出したスララは、ぺかー、とまぶしい笑顔を浮かべた。

その光景を見ていたアイリスが目を丸くしながら問いかける。

「スララちゃん、この鉱山のオリハルコン原石を採り尽くしちゃったんじゃない？」

「ううん！　まだまだあったよ！　安心してね！」

スララの発言に、タイダルが「なんと……！」と呻《うめ》くような声をあげた。

「オリハルコン原石はとても希少な金属じゃ。古代文明のころに採り尽くされ、今はほとんど残っておらん。……この鉱山が他に知られたら、まさに世界がひっくり返るじゃろうな」

しかもこの鉱山、一定周期ですべての鉱物が復活する。

なにせ《無限鉱石ＥＸ》が付与されているからな。

そのことを説明すると、タイダルは驚愕《きょうがく》のあまり言葉を失ってしまった。

代わりにレティシアが口を開く。

「鉱山の扱いには細心の注意を払うべきですわね。場合によっては大きなトラブルの引き金になりかねませんわ」

「……個人で所有すると面倒そうだな」

というか、この島はどこかの貴族領にあたるのだろうか。

情報がどうにも足りないな。

そんなことを考えていると、アイリスが声をかけてくる。

「ねえコウ、とりあえず冒険者ギルドに……というか、ミリアに相談してみたらどうかしら。彼女なら、こちらにとって不利益なことはしないはずよ」

「……確かにな」

むしろ積極的に味方をしてくれそうな予感もある。

もし冒険者ギルドの対応がイマイチなら、メイヤード伯爵のところに話を持っていけばいい。

それでもダメならリリィを通して戦神教に相談してみるか。

俺は【転移者】で神器の使い手なのだから、そう無下には扱われないはずだ。

第二、第三の選択肢があるのは心強いな。

鉱山の今後についての話し合いが終わったところで、俺たちはフォートポートの街へ戻ることにした。

タイダルはこの島に残るらしい。

「鉱山の扱いが決まるまで、ワシが見張りをしておこう。もし怪しい連中が近づいてきたら【災厄召喚】を通して連絡を入れさせてもらうでな。……ほれ、こんなふうに」

そう言ってタイダルは軽く眼を閉じた。

すると、俺の左手の甲がじんわりと熱くなり、竜の顔を正面から象《かたど》ったような紋章が浮かんだ。

竜の表情はウトウトとしており、とても眠そうに見える。

黒竜を召喚したときの紋章は、眼の部分がシャキーンとしていた。

対応する竜によってそれぞれデザインが異なるのかもしれない。

「分かった。何かあったらいつでも知らせてくれ」

「うむ。ワシはあまり強くないからのう。できるだけ早く来てくれると助かるぞい。では、またの」

「ああ、また会おう」

「タイダルおじいちゃん、元気でね！」

「それでは失礼いたしますわ。どうか身体にはお気をつけくださいませ」

俺たちはタイダルに見送られながら、エクシード・クルーザーに乗り込む。

やがて船が島を離れると、リリィがぽつりと呟いた。

「……お腹が空《す》きました」

そういえば昼食がまだだったな。

船内のキャビンにある壁掛け時計を確認すると、午後二時を回っている。

そりゃ、腹も減るよな。

うんうんと納得の表情で頷く俺に、アイリスが言う。

「ねえコウ。フォートポートまで二時間もあるし、打ち上げも兼ねて食事にしない？」

賛成だ。

【アイテムボックス】内には色々と食べ物があるし、ちょっとしたパーティくらいはできる。

今回も大変だったからな。

お互いを労《いたわ》る時間も必要だろう。

エピローグ　フォートポートに帰還してみた、そして――

俺が火山に対して【創造】を行使したときの閃光《せんこう》は巨大なものであり、遠く離れたフォートポートの街からも見えるほどだったらしい。

その光を目撃した住民たちのあいだには大きな動揺が走った。

「いったい何が起こってるんだ!?」

「まさか、オーネンやスリエみたいに竜が出たんじゃ……？」

「大変だ！　は、早く逃げないと……！」

不安が不安を呼び、街ではパニックが起こりかける。

それに対していち早く対応したのは、冒険者ギルドのミリアだった。

「みなさん、だいじょうぶです！　あの場所には《竜殺し》コウ・コウサカさんが向かっています！　きっと、ぜんぶ解決してくれます！」

街の人々に対してそのように呼びかけ、さらには【鎮静】スキル持ちの冒険者や職員たちを総動員することによってパニックを抑え込んだという。

――そんな話を、俺はジェス支部長に教えてもらった。

ここはフォートポート支部の談話室だ。

街に戻った俺たちは報告のために冒険者ギルドへと向かった。

ミリアはいま急ぎの仕事で手が離せないとのことであり、それが終わるまではジェス支部長と話をしながら待つ……ということになった。

「ミリアさんは、コウさんのことを随分と信頼なさっているようですね。でなければ、大勢の前であんなふうに呼びかけたりはできないでしょう」

「……そうか」

「照れていらっしゃるのですか？」

ああ、うん。

そのとおりといえばそのとおりだが、ジェス支部長にまで指摘されるとは思わなかった。

「コウって普段は涼しい顔だけど、こういうときは感情が出るわよね」

俺の左隣でアイリスがクスッと笑った。

するとそれに便乗するようにレティシアが言う。

「ふふ。コウ様のそういうところ、可愛《かわい》らしいと思いますわ」

「マスターさん、きゅーとだね！」

「えっと……。私も、いいと思います」

ちょっと待ってくれ。

俺、全方位から集中砲火を食らってないか？

こういうときはどんな顔をしたらいいんだろうな。

俺が悩んでいると、やがて談話室にミリアがやってきた。

「すみません、遅くなっちゃいました！　コウさん、お疲れさまです！」

「ああ、お疲れさん。仕事は終わったのか？」

「もちろんです！　コウさんのお話を聞くために、全身全霊で丁寧にやっつけてきましたよ！」

なんか奇妙な言葉が出てきたぞ。

丁寧にやっつける？

とはいえ意味は分からないでもない。

ミリアは有能だし、手を抜くべきところは手を抜き、丁寧に取り組むべきところは丁寧に取り組み、要領よく仕事を済ませたのだろう。

ミリアとジェス支部長が揃《そろ》ったところで、俺はマホロス島での出来事について報告を始めた。

ただし、タイダルが災厄であることは伏せて「古代文明の個人研究家」ということにしておく。

そうしないと話がややこしくなるからな。

最終的に【創造】で鉱山を生み出したこと、そして《無限鉱石ＥＸ》の効果について説明すると、ミリアもジェス支部長も絶句していた。

しばらくのあいだ沈黙の時間が流れ、やがてミリアが我に返って口を開く。

「マホロス島の光は、やっぱり、コウさんが原因だったんですね……」

「街が騒ぎになったらしいな。すまない」

「いえいえ、気にしないでください。というか、フォートポートを守ってくださってありがとうございます。噴火が起こっていたら、地震と津波できっと大変なことになっていたと思います。そうですよね、ジェス支部長」

「ええ、ミリアさんの仰《おっしゃ》るとおりです」

ジェス支部長は眼鏡のブリッジを右手の人差し指で押さえながら頷《うなず》いた。

両眼《め》のレンズがキランと光る。

「一度ならず二度までも街の危機を救ってくださり、本当にありがとうございます。コウさんには感謝してもしきれません。……お礼と言ってては何ですが、鉱山については最大限、コウさんの利益になるように取り計らわさせていただきます」

ジェス支部長は俺にそう告げると、次に、ミリアのほうに視線を向けた。

「マホロス島はメイヤード伯爵領になりますから、伯爵と、それから国王陛下に話を通す必要がありますね」

「ですね！　交渉はわたしに任せてください！　鉱山の管理そのものは冒険者ギルドが担当して、そこからの利益がきっちりコウさんの懐に届くようにしてみせますよ！」

ミリアはソファから立ち上がると、ドン、と頼もしい様子で自分の胸を叩《たた》いた。

これなら任せても大丈夫そうだな。

翌日からは少しばかり慌ただしいことになった。

というのも、冒険者ギルドのほうでマホロス島の再調査を行うことになり、俺はミリアやギルドの職員たちを連れて島に向かう必要があったからだ。

島の鉱山に足を踏み入れた職員たちは、そこに貯蔵されている鉱石の豊富さに目を丸くしていた。

「金や銀がこんなにあったら、一生ずっと遊んで暮らせるよな……！」

「オリハルコンの原石って、本当にあるんですね」

「えっ、どれだけ採掘しても一定期間で元どおりになる!?　すごいなあ……！」

幸い、鉱山から鉱石を盗み出そうとする不埒者《ふらちもの》はおらず、再調査は穏やかに進んでいった。

再調査の最終日にはジェス支部長もマホロス島にやってきたのだが、そのとき、タイダルはどこか寂しげな表情を浮かべていた。

いったいどうしたというのだろう。

俺が首を傾《かし》げていると、タイダルは小声でこう告げた。

「ジェスの祖父と祖母は、どちらもワシの幼馴染《おさななじみ》なんじゃよ。……ワシが災厄でなければ、もっと別の人生があったのじゃろうな」


島の再調査が終わったのは、四日後の夕方だった。

工都行きの船はまだまだ出そうにないらしい。

これはやっぱり【創造】でオリハルコンロックスを大型客船に作り直したほうがよさそうだ。

明日あたりにやってみよう。


その日の夕食は『香蘭亭《こうらんてい》』で海船パエリャを食べよう、ということになった。

俺はアイリス、リリィ、スララ、そしてレティシアを連れて店に入る。

案内された席は前回と同じく二階にあり、一階のステージを見下ろすことができた。

今日もステージの上では、シェフが巨大なフライパンを持ち上げて調理を行っている。

「いつ見ても豪快だな……」

「なかなか大変そうよね。でも、コウなら同じことができそうね」

「……かもな」

アーマード・ベア・アーマーを装着した状態なら《怪力S＋》もあるので、巨大なフライパンを片手で持ち上げることは可能だろう。調理についても【器用の極意】がある。

そんなことを考えているうちに料理が運ばれてくる。

今回、俺が注文したのは『《竜殺し》仕立ての海船パエリャ』だ。

自分の二つ名を冠した料理がメニューに並んでいたので、興味を惹《ひ》かれて注文したのだ。

料理としては、いわゆる普通の海船パエリャをベースとしている。

船を模した器にはサフランで色づけされた黄色い米が盛りつけられ、そこにエビ、イカ、タコなどの海産物がちりばめられている。

さらにここにオーネン地鶏のぱりぱりローストと、トゥーエ牛のとろとろ煮込みがドーンと乗っており、また、別の器になるが野菜のホテップ煮込みも付いてくる。ホテップとはスリエの伝統料理で、フランス料理のポトフに似たスープだ。

「……すごい量だな」

思わず、言葉が漏れた。

果たして食べきれるだろうか。

というか、どのあたりが『《竜殺し》仕立て』なのだろう。

俺が疑問に感じていると、テーブルを挟んで向かいに座るレティシアが言った。

「オーネン地鶏にトゥーエ牛、それからスリエのホテップ。これまでコウ様が訪れてきた街の名物ばかりですわね」

「だから、《竜殺し》仕立てなんですね……」

リリィが頷きながらオーネン地鶏のぱりぱりローストを口に運んだ。

「おいしい、です」

「わーい！　いただきまーす！　ぱくぱく！　もぐもぐ！」

あいかわらず、スララはものすごい勢いで食べている。

小さい身体のわりに、パーティで一番の食いしん坊だよな。

……スライムって食べすぎで太ったりするのだろうか。

オリハルコン原石を運んでいたときは十倍くらいの大きさになっていたが、吐き出すと元どおりになっていた。

古代文明のテクノロジーって、謎が多いな……。

食事を終えたあと、俺たちは揃って宿へ戻ることにした。

「あらコウ様。アイリス様と一緒に飲みに行ってくださっても構いませんのよ？」

からかうようにレティシアが囁《ささや》きかけてくる。

「わたくし、お二人のことを応援しておりますの。ささ、どうぞ遠慮なさらず」

「……いったい何の話をしているんだ？」

「さてさて、それは言わぬが華というものでしょう？」

レティシアは、つんつん、と左手で俺の脇腹をつつく。

それから「リリィ様、スララ様、宿まで競争ですわよ！」と宣言して、やたら元気な様子で坂道を駆け上っていった。

リリィとスララもその後ろを追いかけていき、後には俺とアイリスだけが残された。

「……どうする？」

「……どうしましょうか」

二人、顔を見合わせる。

「正直なところ、今日はゆっくり宿で休みたいな」

「あたしも賛成よ。このところ用事が続いてたし、たまには何もしない時間が欲しいわ」

「じゃあ、帰るか」

「ええ。そうしましょう」

アイリスは口元に笑みを浮かべて頷くと、右手で髪をかきあげた。

それから、少しばかりあらたまった様子で口を開いた。

「ねえ、コウ」

「なんだ？」

「言いそびれていたけれど、槍《やり》、ありがとうね」

「フィンブルのことか？」

「うん。今回は、盾役以外のかたちで役に立てたから……嬉《うれ》しかったわ」

「礼を言うのはこっちだよ。アイリスがいたから、無事に噴火を止められたんだ」

「少しは恩返しができたかしら」

「もちろんだよ」

俺は短く返答して——ほんの気まぐれで、こんな質問を投げかけていた。

「恩返しが終わったら、どうするんだ？」


「……えっ？」

アイリスが、戸惑ったように声をあげる。

こちらを見ながら、何度も瞬《まばた》きを繰り返している。

「どういうこと？」

「アイリスはよく、俺に恩を返したい、って言ってるよな」

「そうね。コウにはたくさん助けてもらっているもの」

「じゃあ、恩返しが全部済んだら、その後は？」

そう問いかけながら、俺は自分とアイリスを繋《つな》ぐ関係のあいまいさを感じていた。

たとえばリリィは俺に同行することを戦神教から指示されている。

【転移者】とそれに付き従う【戦神の巫女《みこ》】という構図は、ひとつの明確な関係性だろう。

だがアイリスは竜人の国からそのような指示を受けているわけではないし、竜神の盾を復元した時点で【竜神の巫女】としての役割はとっくに終わっている。

すべての恩を返し終わったら、アイリスはフラッと姿を消してしまうんじゃないか。

その可能性を考えると、なぜか胸が締めつけられるような感覚に襲われる。

俺は彼女の様子を横目でチラリと窺《うかが》う。

すると、こちらの視線に気づいてアイリスが口を開いた。

「……コウは、どうなの？」

おそるおそる、こちらの反応を探るように言葉を続ける。

「もし恩返しが終わったとしても、あたしは一緒にいると思うわ。……コウの迷惑じゃなければ、だけど」

「迷惑なわけないだろう。アイリスは――」

アイリスは大切な仲間だからな。

普段の俺なら、きっとそう告げていただろう。

けれど今夜に限っては、不思議な違和感があった。

俺は知らず知らずのうちに、左手の甲に視線を向けていた。

このあいだの夜、アイリスの手と触れ合った場所だ。

あのときの温度が、やけに懐かしい。

なぜそう感じるのか自分でも分からないまま、先ほどの答えを言い直す。

「俺はアイリスのことを大切に思っているよ。恩返しなんて関係ない」

「……一緒にいて構わない、ってこと？」

「ああ」

俺は、彼女の真紅《しんく》の瞳を見つめて告げる。

「アイリスさえ嫌じゃなければ、これからもそばにいてほしい」

「……うん」

ふっ、とアイリスが表情を緩めた。

安心したようにため息をついてから、言う。

「ありがとう。あたし、ここにいていいのね」

「当たり前だろう」

俺がそう答えると、アイリスは一歩、二歩、と俺の先を進んで、くるりとこちらを振り返った。

赤色の髪が、ふわり、と風に躍る。

「あたしもコウのこと、何よりも大切に思っているわ」

その顔はとても幸せそうな笑みに彩られており、俺は数秒間、我を忘れて見惚《みと》れていた。

――もし時間を止められるなら、俺はこの一瞬を切り取って永遠にするだろう。

そんなことを、ふと思った。


宿に戻ったあと、俺は最上階の露天風呂へ向かうことにした。

「スララはどうする？　一緒に行くか？」

「ぼく、おねむスライム……。すぴー……」

スララは眠気に負けてしまったらしく、そのままベッドで寝息を立て始めた。

無理に起こすのも可哀想《かわいそう》なので、一人で行くとしよう。

俺は身支度を整えると、静かに部屋を出た。

階段を上って五階へ向かう。

ここには待合のロビーと、男女別の更衣室がある。

もちろん俺が入るのは男子更衣室だ。

服を脱ぎ、シャワールームで身体を洗ってから、ドアをくぐって露天風呂へ向かう。

「おお……！」

露天風呂からの景色は、なかなかのものだった。

眼下には橙色《だいだいいろ》の魔導灯に照らされた港町が広がっている。

海は月光を反射してキラキラと輝いており、まるで白銀の道が水平線の彼方《かなた》から伸びているようにも見えた。

「……流れ星だ」

ふと空を見上げれば、青色の流星がサッと星々のあいだを駆け抜けていった。

流れ星が消えるまでに願い事を三回言えば願いはかなう――。

小さいころにそんなおまじないを聞いた覚えがあるものの、さっきの流星は願い事を考えるより先に消え去ってしまった。

「随分とせっかちだな」

まるでレティシアのようだ……などと、露天風呂に浸《つ》かりながら考える。

レティシア・ディ・メテオール。

長い黄金色の髪を持つ美しい女性で、もともとは北の雪国の第二王女だったらしい。

しかしながら実の兄によって食事に毒を盛られたことがきっかけとなり、災厄――『赫奕《かくやく》たる傲《ごう》慢竜《まんりゅう》』としての記憶を取り戻した。

ただ、レティシアは災厄として世界を滅ぼすつもりはなく、その行動はむしろ『正義の味方』という言葉がよく似合う。海賊退治だけでなく、火山の噴火を止めるときも積極的に手を貸してくれた。

そんな彼女が旅をしているのは、弟にあたる存在の『煌々《こうこう》たる強欲竜』を探すためだ。

性格としては責任感が強く、また、困っている相手を見捨てることのできないお人好《ひとよ》しのようだ。

自分に関わるものすべてを救い、守ろうとするがゆえの『強欲』……といったところか。

「……他人とは思えないな」

強欲竜の在り方にはちょっと共感を覚えたりもするが、それはさておき、この災厄も人間として生まれ変わっているらしい。

場所の見当はついた……とレティシアは言っていたが、いったいどこにいるんだろうな。

一度くらいは会ってみたいものだ。


身体が温まったところで俺は露天風呂を出た。

更衣室で服を着て、待合のロビーに出る。

すると、ちょうどそこにはレティシアの姿があった。

風呂上がりらしく、白い肌はうっすらと朱が差している。

「あらコウ様、奇遇ですわね。アイリス様と飲みに行きませんでしたの？」

「今日はやめておいたよ。たまには宿でゆっくりしよう、って話になったんだ」

「なるほど、そういうことでしたのね。納得ですわ」

「せっかく気を遣ってもらったのに、悪いな」

「いえいえ、わたくしが勝手にやったことですので」

ふふ、とレティシアは穏やかな笑みを浮かべた。

風呂上がりということもあってか、黄金色の長い髪は普段よりも艶《つや》めいており、表情もどこか大人びた雰囲気を漂わせている。

年齢としては俺のほうが上なのだが、なんとなく「自分に姉がいたらこんな感じかもしれない」と思った。

姉、か。

いい機会だし、訊《き》いてみるか。

「そういえば弟さんに会わなくていいのか？　居場所、見当がついたって言ってたよな」

「そうですわね……」

レティシアはそう言ってしばらく考え込んだあと、チラチラと周囲に視線を巡らせた。

待合のロビーには、三、四人ほどだが他の宿泊客の姿がある。

「コウ様。場所を変えませんこと？　……あまり人に聞かれたい話でもありませんので」

「分かった。どこにする？」

俺がそう訊《たず》ねると、レティシアは「今日は涼しいですし、宿の横にある展望台はいかがでして？」と答えた。

こちらとしては問題ない。

俺とレティシアはそのまま階段を下り、ロビーを通って正面玄関から外に出た。

宿の門限はなく、二十四時間、いつでも出入りできるようだ。

建物を背にして右に向かうと、そこにはウッドデッキの展望台がある。

潮の香りを孕《はら》んだ夜風が気持ちいい。

幸い、周囲に他の人々の姿はなかった。

ここにいるのは俺たち二人だけだ。

「さて、弟の——強欲竜の居場所ですけれど、何からお話ししましょうか」

展望台の手すりに背を預けながら、レティシアが言った。

「わたくしも考えがまとまっているわけではないので、回りくどい言い方になってしまうのはお許しくださいませ。……コウ様、黄昏《たそがれ》の巻物はお持ちでして？」

「これか？」

俺は【アイテムボックス】から黄昏の巻物を取り出しつつ、内心で首を傾げていた。

この巻物が、強欲竜と何の関係があるのだろう。

まあいい。

まずはレティシアの話を訊こう。

「黄昏の巻物は、創造神、戦神、竜神、精霊、災厄——五つの力を束ねるための道具ですわね。構造神についてはコウ様が【創造】を持っているので例外として、戦神、竜神、精霊を意味するものは巻物に描かれていますわね」

「ホルンを吹く竜神、盾を持った竜、精霊の指輪……だな」

俺は巻物を広げながら答える。

「そういや、災厄を意味する絵だけがないんだよな」

「ええ。災厄全般を示す絵はありませんわ。ところで——」

レティシアは目を細めると、巻物の中央に描かれている魔法陣を指さした。

輪郭としては、円と三角形を組み合わせたような紋章となっている。

「この魔法陣が何を意味するか、コウ様はご存じでして？」

「意味？」

「こちらをご覧くださいませ」

レティシアが左手を掲げると、虚空に魔法陣が浮かんだ。

その輪郭はボヤけており、どんな図形なのかはよく分からない。

「以前も申し上げましたとおり、わたくしは弟の強欲竜から固有能力の一部を借り受けていますの。名は【ストレージ】、世界の〝外〟に自分専用の倉庫を作ることで、容量無制限の【アイテムボックス】と呼ぶべきものを実現していますわ」

ところで、とレティシアが続ける。

「今から魔法陣の偽装を解きますわ。……この形に見覚えはありませんこと？」

パッ、と。

虚空に浮かんでいた魔法陣の輪郭が、鮮明になる。

それは円と三角形の組み合わせで構成されており、まったく同じものが黄昏の巻物にも描かれている。

「円は秩序の象徴、三角形は力の象徴……二つを組み合わせることによって『秩序を齎《もたら》す力』を意味しますの。傲慢竜と強欲竜――わたくしたち姉弟を示す紋章ですわ」

「……ちょっと待ってくれ」

俺は口を開かずにいられなかった。

レティシアの話を信じるなら、黄昏の巻物には災厄を意味する絵もきっちり描かれているわけだ。

ここまでは理解できた。

だが、ひとつだけ引っかかることがある。

俺は【アイテムボックス】を発動させた。

右手のあたりに魔法陣が現れる。

その魔法陣は円と三角形を組み合わせたような紋章であり――レティシアのそれと一致していた。

まさか……。

俺の考えを察したのか、レティシアがこくりと頷いた。

「コウ様が鉱山を作った直後のことですけれど、タイダル様はこう仰っていましたわよね」

――自分に関わるものを変化、進化、あるいは成長させる。それがコウ殿の固有能力なのかもしれんのう。

「実は、強欲竜の固有能力にまったく同じものが存在しますの。【覚醒】――常識の枠を飛び越え、規格外の変化、進化、あるいは成長を引き起こす力ですわ。……もちろん、心当たりはありますわよね？」

「……ああ」

規格外は俺の代名詞みたいなものだし、三桁を超えてなお続くレベルアップ、【創造】や【災厄召喚】の機能拡張など、思い当たる部分はかなり多い。

俺が今日までの出来事を振り返っていると、レティシアが言った。

「根拠は他にもありますが、正直なところ、コウ様の噂《うわさ》を聞いたときから『もしかして』とは思っておりましたの。それもあって、旅に同行させていただいたのですわ」

「……結論は、出たのか？」

「はい」

レティシアは、ふっ、と懐かしむような、それでいて慈しむような微笑《ほほえ》みを浮かべた。

「コウ様はとても優しいですわね。困っている人を見捨てられず、視界に入るありとあらゆるものを救い、守ろうとする。とても素晴らしいことですわ。……災厄としての記憶が欠けていても、貴方《あなた》は貴方のままだった、ということですわね」

レティシアは、告げた。

「貴方はコウ・コウサカにして、この世界の〝外〟より呼び寄せられし災厄、あらゆる生命の守り手にして、あらゆる生命の天敵、災厄殺しの災厄、無限の進化と成長の果てに神を食らい、神に至り、やがては神を超えるもの――『煌々たる強欲竜《強欲な》』。

わたくしの、大切な弟ですわ」

異世界で手に入れた生産スキルは最強だったようです。
～創造&器用のW《ダブル》チートで無双する～

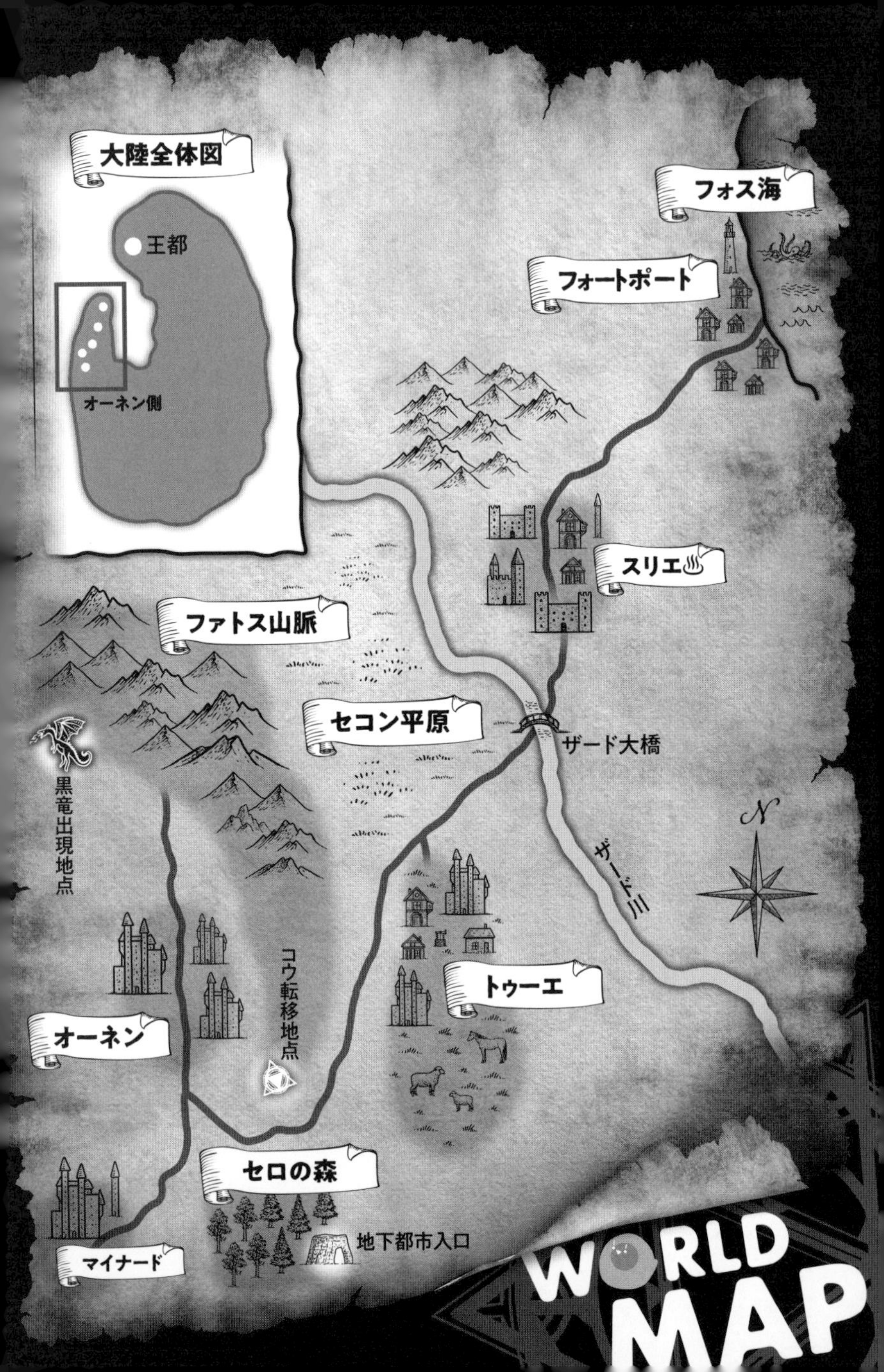
大陸全体図
王都
オーネン側
フォス海
フォートポート
スリエ♨
ファトス山脈
セコン平原
ザード大橋
黒竜出現地点
ザード川
N
コウ転移地点
トゥーエ
オーネン
セロの森
地下都市入口
マイナード
WORLD MAP

MFブックス

異世界で手に入れた生産スキルは最強だったようです。~創造&器用のWチートで無双する~ 3

2020年9月25日　初版第一刷発行

著者　遠野九重
発行者　青柳昌行
発行　株式会社KADOKAWA
〒102-8177　東京都千代田区富士見2-13-3
0570-002-301(ナビダイヤル)
印刷・製本　株式会社廣済堂
ISBN 978-4-04-064940-5 C0093

企画　株式会社フロンティアワークス
担当編集　ヘンシャル・エイマン／齋藤 傑(株式会社フロンティアワークス)
ブックデザイン　AFTERGLOW
デザインフォーマット　ragtime
イラスト　人米

本シリーズは「小説家になろう」(https://syosetu.com/) 初出の作品を加筆の上書籍化したものです。

この作品はフィクションです。実在の人物・団体・事件・地名・名称等とは一切関係ありません。

祝コミカライズ